AF392353

Pierre Larrebourg

et

Laurent Deuche

Motocrotte

Voyages dans Paris, à la manière de …

TABLE DES MATIÈRES

Saint Germain des Prés
(Paris, VIème)

Et

Crazy Horse saloon
(12 avenue Georges V, Paris VIIIème)

A la manière de

Bernard Henri Lévy

"Faire l'amour par la guerre"

Je me réveille brutalement.

Au milieu de la nuit.

En nage.

Ma sueur perle sur les draps de soie.

Sauver Benghazi, oui c'est cela, sauver Benghazi.

Au milieu de la nuit, l'évidence m'aveugle.

Deux mots. Cinq syllabes. Qui tournoient dans mon esprit en boucle.

Près de moi Arielle.

Elle dort paisiblement dans son caisson à oxygène dont le ronronnement sourd baigne la chambre.

Je vois le fil arachnéen du goutte à goutte qui l'alimente- elle a renoncé aux nourritures solides pour rester éternellement belle et mince-.

Je vois le fin tuyau qui disparaît sous ses fesses.

J'imagine la fine aiguille piquée, non pas dans le bras, ce serait trop commun, trop visible, mais là, mes doigts et mes draps s'en souviennent, à un endroit précis juste en deçà de son maillot échancré, son string presque, de meneuse de revue au Crazy Horse mais juste au-dessus des injections de silicone qui ont à jamais fixé ses formes callipyges parfaites.

Elle répète la Tétralogie au Crazy.

Elle a convaincu Lova Moor de monter Wagner, conciliant ainsi ses deux passions: la revue et le chant lyrique.
Lova Moor a accepté, à condition que les walkyries soient nues, coiffées d'un bonnet de grenadier et éclairées par des projections multicolores, "pour changer ".

Il y a longtemps que Wagner est dans le domaine public mais les héritiers n'ont même pas protesté.

Dommage ça aurait fait de la publicité.

Au contraire ils ont été enthousiastes, il est même question de monter cette version à Bayreuth.

Depuis que le bruit en court, plus une place n'est disponible pour les sept prochaines années.

Chère Arielle...

Le chuintement sourd et rassurant de l'alimentation en oxygène de son caisson ne suffit pas ce soir à m'apaiser. Il faut sauver Benghazi.

Bon titre. Assez court. Parfait pour un livre.

Mais j'y pense, Ruffin cet amateur, ce parvenu, a déjà fait quelque chose comme ça, avec Ispahan.

Non, ça vaut plus qu'un livre. Un film. Voilà, c'est ça! C'est un parfait titre de film.

Bien voilà pour le titre, mais le casting ?

Moi, bien sûr. Qui d'autre?

Moi qui ai mis Sarajevo sur la carte du monde, cette ville que personne ne connaissait et que j'ai placé, à moi seul, au coeur de l'histoire.

Oui, bon, j'ai un vague souvenir d'avoir déjà entendu ce nom dans la bouche de mon prof d'histoire de cinquième, mais ça ne peut pas être important puisque je n'y étais pas encore allé, une histoire de jeux olympiques d'hiver, peut être…

Bon, moi, mais qui d'autre ?

Il faut des comparses, des figurants, des faire-valoir, des hallebardiers, des utilités ...

Et quel scenario ?il faut que je travaille. Un peu.

Quand même, je ne peux pas laisser ça à Kadhafi seulement : vous avez vu ce mauvais goût pour le décor! Cette main verte étreignant un avion de chasse !

On dirait une enseigne commune à Jardiland et à King Jouet dans un centre commercial minable de banlieue au bord d'une bretelle d'autoroute.

Enfin l'idée que je m'en fais, car je n'ai jamais mis les pieds en banlieue ou dans un centre commercial, Arielle ne supporterait pas.

Tandis que moi, filant plein ouest, les cheveux au vent, debout à l'arrière d'un pick-up, tenant les commandes de la mitrailleuse, oui ça fera un plan magnifique, et une couverture parfaite pour Paris Match et Gala.

De quoi ramener des cars entiers de patrons de PME de province au gala de soutien, au Crazy bien sûr.

Motocrotte

Mais bonjour pour réaliser le travelling : il faudra souder une caméra sur l'affût de la mitrailleuse d'un pickup suiveur, régler les vitesses relatives des pick-up, trouver une piste tranquille mais avec des figurants, post-synchroniser les bruitage de mitrailleuses et d'orgue de Staline, faire dix ou quinze prises, que sais-je encore…

Quel travail, rien que d'y penser, je suis déjà épuisé.

La concurrence sur ce coup-là ? Inexistante ! Atomisée!.

Pas comme au temps des boat people.

Il n'y a plus que moi, je les ai tous réduits au néant. Parfait. Je dois réfléchir.

Je branche la télé, j'enchaîne LCI, CNN, la squawk box de CNBC et même la télé chinoise version export CCTV suite à une fausse manoeuvre.

Toujours les mêmes images en boucle.

Immeubles éventrés par les obus, ballet de 4x4, tourbillon de drapeaux noir et rouge - tiens c'est bien : ces couleurs vont à mon teint-, bruit des orgues de Staline.

Je monte le son, Arielle n'entend rien. Son caisson est insonorisé .Il chuinte paisiblement.

Soudain je réalise : ces images saccadées, tremblées, imparfaites, mal cadrées, mal éclairées, mal coiffées, mal fagotées, mal filmées, c'est internet, les caméras des téléphones mobiles.

Il n'y a plus un vrai journaliste là-bas "les liaisons sont coupées et pas de vrais journalistes, pas de vraies caméras professionnelles pas de bon micros pour relayer mon Verbe, pas de bonne photos pour mettre en valeur mon teint de pêche, cadrer mon brushing et ma saharienne.

 Bref, rien pour passer au 20 heures ou dans les émissions littéraires, pas de perchiste pour enregistrer les balles qui sifflent, d'accessoiriste pour m'aider à enfiler le gilet pare-balles, pas de coiffeur pour m'apprêter avant la prise.

Non, rien, la guerre dans toute son horreur, dans tout son dénuement.

 La guerre servie sur un plateau au petit déjeuner mais sans plateau télé.

Une guerre du golfe sans CNN.

Du travail d'amateurs.

 Je vais donc devoir agir à Paris seulement, au moins pour commencer.

Le numéro de Ségala d'abord. Il connaît Carla.

Elle sera mon levier, même si c'est contre-intuitif.

Chateaubriand n'avait que Louis XVIII sous la main, il a quand même fait l'intervention en Espagne.

 Qu'importe ce sera aussi une sainte alliance, atlantique cette fois.

 Il avait un podagre goutteux, j'aurai un nain teigneux.

 A poney donné on ne regarde pas la taille au garrot.

Il aime jouer aux petits soldats de plombs.

Très bien, nous serons deux. La main qui les déplace, lui: Et le cerveau qui pense et dirige leur mouvement, moi.

D'ailleurs qu'est-ce que l'épée sans la plume ?

"C'est la plume, bien taillée, qui fait lever l'épée" me disait Trucula Dondon, une collègue de revue d'Armelle et ancienne du Lido, lors d'une fête une peu arrosée dans les loges du Crazy, dont, à vrai dire, je ne me souviens plus très bien.

J'imagine qu'elle voulait dire "acérée" et faisait allusion à Malraux et à la guerre d'Espagne ou à Byron à Missolonghi.

Byron, oui c'est ça, mais moi j'aurai des antibiotiques et une assurance-rapatriement.

Le Quai d'Orsay s'y mettra s'il le faut, ils ne peuvent pas se permettre de me perdre ou de me voir emprisonner, ça les ferait tomber.

Et puis il y a plume et plume, deux écoles en fait, la plume d'autruche et la plume de paon.

Je n'aime pas l'autruche: elle enfouit sa tête dans le sol et refuse de faire face à la réalité à qui elle offre pourtant son postérieur plein cadre.

Et puis il y a le paon, qui l'affronte fièrement, de face, queue déployée au vent.

J'irai; tel Rommel, tel Alexandre, jusqu'à l'oasis de Siwa, pour m'entendre dire par le vieil oracle d'Amon, ce que je sais déjà, que je suis un Dieu.

Enfin, beau comme et intelligent comme.

Parce qu'à moins de me faire momifier vivant comme l'a fait Arielle, mon immortalité sera purement littéraire.

Ah non c'est vrai, Siwa est de l'autre côté de la frontière, en Egypte.

Qu'importe ! A mon seul nom les barrières s'ouvriront, les chevaux de frise s'effaceront et les barbelés tomberont.

Je suis très lu en Egypte, enfin surtout à Alexandrie et au Caire, j'avoue que chez les gardes-frontières et les bédouins je ne sais pas trop.

De toute façon, ce n'est que partie remise.

La carte à la télé me révèle que l'ennemi est à l'ouest ; ça me rapprochera de ma maison du Cap Bon en Tunisie.

Je serai donc Montgomery poursuivant Rommel jusque-là, ou Scipion poursuivant Hannibal.

Et puis il y a le village de vacances. Si l'équipe du film travaille bien, je la caserai là une semaine ou deux après le travail. Comme ça ils pourront me filmer jusqu'au bout.

 Le repos du héros. En plus hors saison ils font des prix pour les vieux qui n'ont plus les moyens de payer leur note de chauffage en France.

La Tunisie justement. Oh j'entends déjà les reproches.

Je ne pouvais pas, décemment, me mettre à la tête, ma place naturelle, pour la révolution de jasmin.

D'abord il y avait trop de monde pour ça et ça c'est rédhibitoire.

 Ensuite on aurait sorti dans la presse les photos de ma villa et, qui sait, de celle de mes voisins.

Non, c'est trop intime. Armelle n'aurait pas supporté. Non, la Cause est d'autant plus belle qu'elle est lointaine.

Je n'ai jamais eu affaire à Tripoli. Plusieurs fois j'ai été sollicité pour présider le jury du prix Muammar Kadhafi.

Heureusement, mon emploi du temps ne l'a jamais permis.

Oui La cause est noble.

Sauver Benghazi: Ah, ça sonne trop bien ! Je pense en faire 600 pages. Au moins...

A moi Nico ! , qu'il remballe ce petit meuh sévère, il serait bon que le petit se magnât, Julien je craque : à moi le rivage des Syrtes ! Ma charia, nous voilà !

Mais tandis que je m'emporte, soulevé par l'enthousiasme de mon jaillissement créatif, au point de ne presque plus maîtriser mes tripes au lit, un terrible incident me ramène à la réalité de mon couple, figé dans une perfection fragile.

Le caisson d'Armelle se met à vibrer, le tuyau d'alimentation se contracte spasmodiquement comme s'il s'étouffait.

Paniqué, je regarde à travers la vitre du caisson, Armelle se fripe a vue d'œil, sa peau rougit, ses lèvre sont déjà bleutées.

En proie à l'angoisse, je force, dans un geste désespéré l'ouverture du caisson. Un grand bruit d'aspiration, de succion plutôt, se produit suite à la dépressurisation.

Arielle se fripe plus encore, avant que sa peau peu à peu ne se détende et ne s'étale quelque peu.

Elle ne s'est pas réveillée.

Je sais ce qui est arrivé.

Maria, notre bonne cap-verdienne, a encore oublié de changer la bonbonne d'oxygène du caisson.

D'accord, elle fait deux mètres de haut et cent-cinquante kilos.

 D'accord, elle est stockée à la cave où il n'y a pas de monte-charge.

Mais enfin nous lui avons acheté un diable et deux tenders et monsieur Gonzalez, notre concierge, à qui je fais chaque année des étrennes royales (mes trois livres annuels dédicacés de ma main et le CD de musique baroque chantée par Arielle) a promis de l'aider.

Ça va encore me retarder.

La dernière fois que c'est arrivé, le Crazy a dû annuler trois cars de japonais et cinq d'allemands, en plein salon professionnel de la lingerie, porte de Versailles.

Trois mois de droits d'auteurs y sont passés en dédit et en chirurgie réparatrice d'urgence.

 Je les ai retenu sur les salaires à venir de Maria, qui est endettée vis-à-vis de nous jusqu'à sa retraite mais visiblement la leçon n'a pas porté.

. Chose extraordinaire, malgré la violence de l'incident, malgré l'alarme que l'ouverture forcée du caisson a déclenchée, Arielle ne s'est pas réveillée.

Un instant inquiet, je me penche sur sa poitrine de marbre (c'est à peine une métaphore), non tout va bien. Elle respire régulièrement.

 Mais comment peut-elle être aussi profondément endormie ? Soudain suspicieux, je hume la pochette presque vide du goutte à goutte, suspendue à son trépied.

Motocrotte

Mon nez, habitué aux meilleures essences, ne me trompe pas, il confirme mes soupçons : il n'y a pas que du sérum…

Ministère de l'éducation nationale

Rue de Grenelle

(Paris VIIème)

À la manière de

Luc Ferry

« Qu'est-ce qu'une vie ratée ? »

Surnommé "chéri-chéri" par des collègues universitaires, envieux de son brushing, de ses succès éditoriaux et médiatiques et de sa carrière politique, Luc Ferry est d'abord un philosophe qui puise aux sources de la sagesse antique pour nous donner des leçons de modestie, d'austérité et d'abstinence. Vu la politique menée par les gouvernements auquel il a appartenu, puis par ses amis, ça tombe bien.

"J'ai un ami pour qui la réponse à la question "qu'est-ce-qu'une vie ratée ?" est très simple : une vie où, à cinquante ans, on ne s'est pas acheté une Rolex.

J'aime ses certitudes. J'aimerais les partager complètement.

Mon ami est, à sa façon, un philosophe mais de l'action. C'est d'ailleurs pour cela qu'il a beaucoup d'amis dans le CAC 40.

Si l'on examine les chiffres des ventes de cette firme horlogère sur notre marché national, cela signifie que soixante-deux millions neuf cent quatre vingt quinze mille français sur soixante-trois millions - dont vingt millions de ses électeurs- ont raté leur vie.

Pour être rigoureux, il faudrait la diminuer des possesseurs de Piaget, Patek Philippe, Jagger Lecoultre, Omega, Blancpain, Breitling, etc...

Si je ne suis pas sûr de partager le critère, la proportion me paraît grosso modo exacte. Laissez-moi vous expliquer pourquoi.

Mon passage au ministère de l'éducation nationale, la plus grosse administration d'Europe (mais seulement parce que l'éducation est fédéralisée en Allemagne et parce que les multiples polices russes sont comptabilisées séparément) m'a donné le goût, inhabituel pour un Penseur, des chiffres.

Par exemple: combien d'emplois de surveillants à supprimer l'année prochaine, quelle augmentation des actes d'incivilités l'année dernière, pour prendre deux sujets sans aucun rapport.

Il est vrai que les philosophes antiques posait la question inverse: "Qu'est-ce qu'une vie réussie ?". Mais ils ne se la posaient pas pour tout le monde.

Faisons un simple calcul.

L'Athènes de Socrate, dèmes ruraux compris, c'est tout au plus une population de 200.000 personnes. Enlevons-en tout de suite l'élément féminin, 100.000 personnes dépourvues de droits et soit enfermées dans des gynécées soit accablées de travaux domestiques.

Enlevons ensuite les esclaves mâles, également dépourvus de droits, 50.000 personnes au moins, même si leur sort varie du tout au tout, entre les mineurs des mines d'argent du Laurion, condamnés à une mort lente, et les archers scythes, esclaves publics chargés du maintien de l'ordre, qui tiennent à peu près le rôle des policiers pakistanais employés dans les Emirats Arabes Unis, par exemple.

Enlevons ensuite les métèques, 20.000 personnes, étrangères, libres et avec un statut de résident permanent mais dépourvues de droits civiques.

Restent 30.000 athéniens mâles, de souche. Et libres. Sur ce lot à peine 2000 riches. Sur ces 2000 riches, tout juste 200 à 300 jeunes oisifs, dont quand même Xénophon et Platon, ayant suffisamment de loisirs pour suivre les cours de Socrate.

Et c'est à ceux-là, et pour ceux-là seulement, que Socrate pose la question de savoir ce qui fait une vie réussie.

Platon avec son académie, puis Aristote avec son lycée n'ont pas plus d'élèves.

Les stoïciens avec leur portique et les épicuriens ont à Rome, dix fois plus peuplée, sensiblement la même proportion d'élèves par rapport à la population totale de l'Urbs.

Plus près de nous Voltaire et Rousseau ne philosophent que pour les salons et le public lettré des académies provinciales, soit tout au plus vingt-mille personnes sur une France qui compte alors vingt millions d'habitants.

Dans le même esprit, si des controverses subsistent sur ce que Nietzsche entendait par "surhomme", il est clair que ce n'était pas monsieur tout le monde.

Si l'on s'en tient à la définition donnée par sa soeur, qui fonda avec son époux, vers 1890, une colonie pangermaniste aryenne au Paraguay, dont les descendants, toujours blonds, mais consanguins, errent aujourd'hui, hagards, au milieu de la pampa, même le nombre total des membres du NSDAP ne représentait qu'une infime fraction de la population sous le contrôle du Reich à son apogée.

Faites une simple règle de trois et rapportez ces exemples aux soixante-trois millions de français.   Vous obtenez à peu près le nombre de possesseurs de Rolex.

On est là en face d'un invariant, de ce que les économistes appellent une répartition parétienne, les physiciens une constante cosmologique, et les philosophes une nécessité."

Avenue Georges V

(Paris VIIIème)

À la manière de

Régine Desforges

~ 26 ~

"La bicyclette sans selle"

Régine Desforges a commencé sa carrière littéraire dans le récit érotique avant de trouver sa voie dans la saga familiale. L'apparition, lors d'un "Apostrophes" d'anthologie, de son minois mutin, commentant, avec gourmandise, des pratiques alors rarement évoquées à la télévision d'Etat giscardienne, a marqué toute une génération.

Au début des années 80 l'apparition de la vidéo et la création de Canal +, avec ses programmes novateurs, l'ont sans doute poussé à se reconvertir vers les pâturages plus fades, mais plus verts, et plus étendus, de la saga.

Cette transition ne s'est toutefois pas effectuée sans tâtonnements. Témoin, cet extrait d'une première esquisse de saga, restée inédite, où elle tente de marier les deux genres.

"Chapitre 4 Torride exode

Paris, juin 1940

 Ils étaient dans Paris comme des enfants qui se sont laissé enfermer la nuit dans un magasin de jouets.

La ville entière, totalement désertée, était leur terrain de jeu.

-" Fais-moi l'amour comme un stuka !!" criait-elle soudain.

Et ils s'engouffraient par les portes battantes dans un palace désert de la rue de Rivoli ou de la place Vendôme et là il ils faisaient l'amour, appuyés, haletants, sur le comptoir de la réception, sans même se déshabiller.

Puis les sens apaisés, il la portait, telle une jeune mariée, sur les canapés du salon et la déshabillait lentement, sans un mot. Puis il la soulevait, légère et svelte comme une plume bien taillée et revenait au bar la déposer sous les robinets des pompes à bières.

Dans un rituel que n'aurait pas renié une cohorte de S.A, ivres, à l'oktober fest, il l'arrosait d'or liquide et de mousse blanche. Il la reposait ensuite sur les canapés et lapait , toujours sans mot dire, le liquide sur les moindres replis de sa peau, jusqu'à ce que leur désir renaisse.

Transie, collante et humide, elle frémissait de bonheur. Les coups de langue râpeux sur sa peau poisseuse la rendait folle et, quand s'y joignait le bruit des sirènes des alertes aériennes, elle frôlait l'orgasme.

Souvent les rôles s'inversaient, lui allongé sur le bar et elle l'aspergeant en poussant de manière aléatoire les robinets des bouteilles d'alcool forts suspendues à l'envers au-dessus du bar pour composer les cocktails.

Elle en jouait comme un organiste joue du Bach, seul au monde, sur un Silbermann ou un Cavaillé-Coll.

Le corps de son amant était à la foi sa partition et son métronome.

Toujours sans un mot, elle déplaçait allègrement le corps offert de son amant sur le lisse comptoir de marbre pour bien imbiber d'alcools successifs la touffe de poils, qui surmontait un sexe glorieux, mais momentanément assoupi, le retournait pour voir glisser le curaçao ou le Tabasco au creux de ses reins, et le retournait encore pour inonder ses aisselles, son nombril, ses cils, ses narines, ses oreilles, avant d'y darder une langue sauvage et goulue.

Elle rejouait, de mémoire, ses classiques: Singapore Sling, Black Velvet , Black and Tan, Stinger, Manhattan.

Parfois elle se lançait dans des improvisations. Mais comme elle n'était pas toujours satisfaite du résultat ils avaient très vite pris un livre de cocktails, en anglais dans les rayons désertés de la librairie Galliano.

Depuis ils expérimentaient avec la méthode et l'énergie d'un Sade des grand jours, déclinant à l'infini ses figures, celui de la Philosophie dans le Boudoir ou des Malheurs de la Vertu.

Tout le livre y passait:

Langue de feu (1/2 vodka, 1/2 bière, Tabasco ou piment en poudre),

Bandista. (2 cl cognac, 2 cl sirop de citron, 4 cl limonade),

Trou Noir (3/5 vodka, 2/5 jus de pomme, 2 cuillerées de caramel tiède),

Pina Colada (1/5 rhum, 3/5 jus d'ananas, 175 lait de coco),

Tronçonneuse (1/7 calvados, ,1/7 eau de vie de framboise, 1/7 liqueur de lychees, 1/7 sirop de sucre de canne,3/7 cidre),

Monkey Gland (2/5 gin, 2/5 jus d'orange, 1/5 absinthe, 1 trait grenadine),

Screaming Orgasm (1/4 Bailey's, 1/4 Amaretto, 1/4 crème, 1/4 Kalhua),

Chupacabra (2/5 tequila,1/5 liqueur de gingembre infusée aux piment japlapenos, 2/5 jus d'ananas) et

Redhead Slut (1/2 Jagermeister, 1/2 liqueur de pêche, 1 trait de jus de canneberge)

A l'ivresse de corps se joignait l'ivresse tout court, à force de lappements et de suçotis. A la poutre, la paille.

Très vite, ces petits jeux n'avaient plus suffi à entretenir leur excitation. Pour corser leurs ébats ils s'étaient mis à jouer avec les jets de vapeur des percolateurs.

Un jour, au petit matin, alors qu'ils se léchaient mutuellement leurs cloques avec avidité, ils entendirent plus haut, sur l'avenue des Champs Elysées, un bruit de bottes, de moteurs et de cliquetis de chenilles de blindés…

Conciergerie

(quai de l'horloge, Paris Ier)-

Place de la Concorde
(ex-place de la Révolution),
Paris VIIIème

À la manière de

Jean-Luc Mélenchon

~ 32 ~

"Quand la France faisait vraiment la révolution : 1789-1794"

«Chapitre VIII : la presse

Pour la presse et le journalisme, la révolution a été, à tous égards, une période faste. Agitée, mais faste.

Les pratiques de l'ancien régime en la matière étaient simples : très peu de journaux, contrôlés à la fois par le système du monopole de la librairie et par une censure préalable vigilante. A la moindre incartade, le journaliste était embastillé, voire plus, si insanités.

Comme le public avait horreur de ce vide et était friand d'écrits, cela avait suscité, comme pour le livre, soumis au même système, une industrie florissante, en Hollande et dans d'autres pays voisins, de matériel imprimé en français.

L''importation de ce matériel était assimilé à la contrebande de la plus basse espèce et passible à ce titre des peines les plus lourdes comme l'était la contrebande de sel à l'intérieur du royaume. Ainsi la torture et le supplice de la roue venait-il compenser la radicale inefficacité, là comme ailleurs, de l'administration royale, cette fois, des douanes.

A la révolution, en l'espace de quelques semaines seulement, tous ces barrages séculaires ou pluri-séculaires cèdent d'un coup. Les journaux se multiplient, les invectives fusent et les royalistes et ultra royalistes ne sont pas les derniers à se lancer dans la polémique.

Pour éditer un feuille (car la pagination est effectivement réduite à une seule feuille, on ne sait pas encore produire industriellement du papier à bas prix) une simple presse à bras suffit.

La main d'œuvre sachant manipuler les caractères de plomb des imprimeurs ne manque pas, les artisans typographes ayant toujours été à la pointe de la contestation.
Tout député qui compte, à la constituante, puis à l'assemblée législative puis à la Convention, a sa feuille ou est au moins éditorialiste dans l'une ou l'autre.

A cela s'ajoute les plumitifs non élus de tout poil et de tous bords.

Avant d'être un torrent de sang, la révolution est d'abord un torrent d'encre et elle a, sans aucun doute, fauché plus d'arbres que de vies (sauf en Vendée et sur les champs de bataille extérieurs peut être).

Le public suit, avide de nouvelles, en cette période où tout s'accélère, où les mois comptent pour des années et le semaines pour des mois, où l'on passe en moins de deux ans de la monarchie constitutionnelle au comité de salut public mais où les nouvelles du jour mettent deux à trois semaines pour atteindre les extrémités du pays, Strasbourg, Marseille ou Brest, portées qu'elles sont par des diligences poussives.

Oui, c'est une période d'intense liberté pour les journalistes, une période enivrante mais aussi une période dangereuse.

 La liberté n'est pas la licence.

Et avec la liberté vient la responsabilité, celle de faire face aux conséquences de ses écrits, de les assumer.

Nulle époque n'a mieux compris cette dialectique liberté de la presse-responsabilité que la révolution française.

A cette époque heureuse, on ne pouvait pas écrire n'importe quoi, ni surtout n'importe quand, faute de quoi, les conséquences ne se faisaient pas attendre longtemps.

J'ai dressé, pour l'exemple, une petite liste de journalistes de l'époque révolutionnaire, connus et moins connus, ayant oublié, à leurs dépens, ces règles élémentaires.

Parcourons là ensemble. Elle est à elle seule un remarquable résumé des grandes heures de la révolution.
Elle a la beauté radicale et simple de cet article du code pénal que Stendhal (un contemporain et un survivant) citait comme un exemple de style parfait: "Tout condamné à mort aura la tête tranchée".

Vous constaterez combien certaines périodes ont été particulièrement animées.

Si vous me donnez le choix dans les dates, je prendrai les trois semaines qui vont du 15 mars 1794 au 7 avril de la même année qui ont été particulièrement "décoiffantes", comme vous le constaterez.
.

- Honoré Gabriel Riqueti, comte de Mirabeau, rédacteur du *Courrier de Provence*, peut être empoisonné,en 1791 ;

- Barnabé Durosoi, de la *Gazette de Paris*, guillotiné en 1792;

- François-Louis Suleau, principal rédacteur des *Actes des Apôtres*, massacré dans la journée du 10 août 1792;

- Simon-Nicolas-Henri Linguet, l'un des premiers journalistes de la Révolution, fondateur et rédacteur des *Annales politiques*, guillotiné en 1794;

- Jean-Paul Marat, rédacteur de *l'Ami du peuple*, assassiné par Charlotte Corday en 1793;

- Antoine-Joseph Gorsas, rédacteur du *Courrier des Départements,* guillotiné en 1793;
- Joseph-Marie Girey-Dupré, rédacteur avec Brissot de Warville du journal *Le Patriote français*, condamné à mort avec les Girondins le 1 frimaire an 2, guillotiné en 1793;

- Brissot de Warville, rédacteur du *Patriote français*, guillotiné avec les Girondins en 1793;

- L'abbé Fauchet, rédacteur de la *Bouche de fer*, guillotiné en 1793;

- Camille Desmoulins, rédacteur des *Révolutions de France et de Brabant*, *Le Vieux Cordelier*, guillotiné le 5 avril 1794;

- Anacharsis Cloots, l'un des rédacteurs de tous les journaux patriotes, guillotiné en 1794;

- Antoine-François Momoro, rédacteur du *Journal des Cordeliers*, guillotiné en 1794;

- Maximilien de Robespierre, collaborateur du *Défenseur de la Constitution*, guillotiné en 1794;

- Condorcet, rédacteur de la *Chronique du mois*, de la *Bouche-de-Fer* et de plusieurs autres feuilles, mort empoisonné ou suicidé;

- Fabre d'Églantine, rédacteur des *Révolutions de Paris*, guillotiné avec les Dantonistes en 1794;
- Jacques Hébert, rédacteur de *Le Père Duchesne*, guillotiné en 1794;

- Pierre-Germain Parisau, rédacteur de la *Feuille du jour*, guillotiné en 1794

- Bertrand Barère de Vieuzac, rédacteur du *Point du jour*, condamné à la déportation;

- Élisée Loustalot, rédacteur des *Révolutions de Paris*, mort de douleur à la nouvelle de l'insurrection militaire de Nancy;

- L'abbé Royou de *l'Ami du roi*, mort proscrit en 1792;

- Gracchus Babeuf, du *Journal de la liberté de la presse*, suicidé au tribunal le condamnant à mort en 1797;

Le Marais (paris IIIème)-

Jardin des plantes (Paris Vème)

à la manière

du

Dr Dukan

"Le régime Dukan : maigrir en dévorant"

"Introduction : notions de base

Ce septième livre est le terme et l'aboutissement d'une réflexion de vingt ans. Il complète les six livres précédents et y fait fréquemment référence pour les notions de base.

Il ne peut donc se lire sans eux.

Vous les trouverez sans peine chez votre libraire ou dans votre grande surface car ils ont été récemment réédités.

J'ajoute que pour commencer sérieusement mon régime, un abonnement à mon site internet me paraît indispensable.

Parmi les services proposés par celui ci, je peux vous garantir, moyennant un léger supplément, le même coaching, entièrement personnalisé, que j'assure quotidiennement déjà à 200.000 de mes patients surtout des patientes en fait, si j'en crois les relevés de carte de crédit.

Enfin la boutique en ligne avec, en exclusivité, tous les produits alimentaires franchisés Dukan vous aidera dans votre "effort minceur".

Vous y trouverez également des produits non alimentaires tel qu'un terrarium pour pouvoir produire vous-même vos larves d'insecte et vos vers (voir plus bas), des agendas reliés crocodile ou cuir vachette pleine fleur siglés Dukan pour noter vos phases de régime, vos pertes de poids et vos commandes, des produits de beauté naturels comme la laque qui est le secret de mon brushing tant aimé de mes patientes et prochainement des cures d'amaigrissement couplées soit à de stages de survie soit à des safaris.

Ces bases étant posées, laissez-moi vous expliquer l'origine de ma démarche et comment j'ai trouvé la formule révolutionnaire de mon régime.

Petite histoire de mon régime

 Mon intérêt pour les questions de nutrition et de diététique est le fruit d'un hasard.

Un hasard heureux, me dit souvent mon banquier. Jugez-en plutôt.

Après mes études de médecine et ma spécialisation en proctologie, je m'étais installé dans le Marais et gagnais déjà fort confortablement ma vie.

Mais j'étais un peu las de ce que ma secrétaire appelait spirituellement mes trains-trains et je délaissai de plus en plus souvent mon cabinet et ma clientèle pour de longues promenades dans Paris, pour prendre du recul.

Un jour, mes errances m'ont mené au jardin des plantes. Chemin faisant je m'étais acheté des abricots, un aliment que je réprouve formellement aujourd'hui, mais que j'adorais alors.

Désœuvré, je me suis rapproché de la cage des orang-outangs. Là j'ai été frappé par l'air totalement déprimé et donc terriblement humain d"un grand mâle affalé.

Dans l'espoir d'attirer son attention et pour le distraire de son spleen, j'ai lancé un abricot en cloche par-dessus les barreaux.

Mon orang outang s'est effectivement redressé, a fait quelque pas, a pris l'abricot du bout de son long bras poilu puis il l'a examiné attentivement et l'a ouvert en deux.

Je m'attendais à ce qu'il en avale les deux moitiés l'une après l'autre et m'extasiais déjà sur sa délicatesse de manière lorsqu'à ma grande surprise je l'ai vu en extraire le noyau, puis se fourrer ledit noyau dans l'anus d'un geste décidé et que je jugeai, fort de mon expérience, très professionnel.

Puis, de manière non moins étonnante, il a ressorti le noyau, a reconstitué le fruit en recollant les deux moitiés de part et d'autres du noyau et a avalé le tout d'un seul coup.

 Il n'avait plus du tout l'air déprimé et, à en juger par le regard intéressé qu'il m'adressait, souhaitait renouveler au plus vite l'expérience.

J'étais extrêmement intrigué et pour tout dire légèrement paniqué.

Je venais d'apercevoir le petit panneau interdisant de nourrir les animaux et craignait d'avoir perturbé le régime alimentaire normal de l'animal.

Je courus voir le gardien, qui, malgré mes plates excuses, m'engueula copieusement avant de se radoucir devant mon intérêt pour le comportement de son pensionnaire.

Il l'appelait Gérard ou Gégé du fait d'une vague ressemblance avec un ex-jeune premier du cinéma français.

Mais à la différence dudit Gérard, le nôtre n'était devenu pas obèse: sa petite fourrure rousse ne dissimulait aucune poignée d'amour.

"Ah oui, pour le noyau, hein, il le fait toujours ça, il est malin mon Gégé, malin comme un singe, faut dire qu'une fois, un touriste, un belge bien sûr, lui a lancé un avocat, oui monsieur! Un avocat je vous demande un peu! Et il l'a gobé comme ça avec la peau et le noyau. Il a fait une occlusion intestinale, alors depuis il vérifie avant que ça peut passer. Malin non ?!"

J'ai toujours aimé les singes et leur mimiques mais il n'y a que Leo Ferre qui sache bien en parler. Je vais essayer quand même .

 Je vois encore l'air bonasse de Gégé, son regard tendre, mais aussi son geste techniquement parfait, son expression soudainement éveillée et vive et l'équilibre absolu de son corps malgré ses membres démesurés, son ventre plat, sa totale absence de cellulite ou de masses adipeuses malgré l'absence d'exercice et la nourriture quasi à volonté.

Et soudain une évidence m'a frappé: il n'y a pas de singes obèses, ni dans la forêt ni même au zoo de Vincennes ou au Jardin des Plantes.

N'est-ce pas lumineux! Mangeons comme eux ! Après tout, nous sommes, nous aussi, des primates.

Des primates qui ont réussi mais des primates qui ont été victimes de leur succès.

Pour redevenir minces comme nos cousins ou nos frères, il suffit que nous recommencions à manger comme eux ou du moins comme mangeaient nos ancêtres Sapiens Sapiens avant la découverte du feu, qui nous a définitivement dégagé de l'animalité et ouvert grand la voie de l'obésité.

Je me suis mis alors à étudier à la nutrition des primates et celle des pithécanthropes, homo habilis, homo ergastus, neanderthal, cro-magnon et autres hominidés jusqu'au paléolithique moyen.

J'ai lu, étudié, expérimenté et testé sur des amis, dont certains ne me parlent plus, tâtonné, beaucoup, je l'avoue, jusqu'à trouver la formule parfaite.

Difficultés et efficacité du régime Dukan:

C'est un régime exigeant, c'est vrai; pas d'aliments cuits, quels qu'ils soient, pendant les trois premières phases, respect absolu des phases, faute de quoi rien n'est garanti, des ingrédients naturels parfois difficiles à trouver - sauf sur ma boutique en ligne-.

Mais on n'a rien sans rien et l'on ne respecte que ce qui vous coûte moralement et physiquement.

Si vous voulez maigrir sans effort et à peu de frais, passez votre chemin et allez voir les charlatans, comme ceux qui prônent par exemple le régime BLM ("Bouffe La Moitie").

Le conseil de l'ordre aura un jour raison de ces escrocs.

J'ajoute que pour exigeant et naturel qu'il soit, mon régime a été soigneusement humanisé au propre et au sens figuré. Je vais vous en donner deux exemples.

Saviez-vous que les macaques, une espèce particulièrement svelte, buvaient systématiquement leur urine (et que les gibbons, autre espèce très gracile avalaient leurs excréments)?

Saviez-vous également que les plus dévots des adeptes du jaïnisme, une petite religion syncrétique de l'Inde, qui rassemble tout de même cinq millions de fidèles boivent également leur urine et que, chez eux non plus, il n'y a pas d'obèses, alors que ce sont le plus souvent des commerçants prospères.

Eh bien malgré tous ces éléments attestant la nature bénéfique de cette pratique, malgré sa simplicité aussi, je ne l'ai pas incorporé au régime.

Naturellement il a fallu compenser par quelques suppressions mineures, qui auraient pu rendre votre régime cru plus simple, notamment la plupart des fruits et légumes des régions tempérées.

Je vous donne un second exemple de l'"humanisation" de mon régime : on sait maintenant que les singes en général et les chimpanzés en particulier sont cannibales et raffolent en particulier des nouveaux nés et des jeunes des clans adverses.

La pratique s'est pérennisée chez les neanderthals où l'on a retrouvé des charniers d'os humains brisés pour en extraire la moëlle, et chez les cro-magnons du paléolithique pour subsister ensuite dans de nombreuses sociétés primitives jusqu'a la fin du dix-neuvième siècle au moins.

Bien sûr, loin de moi la pensée de faire revivre cette pratique barbare.

 Mais diététiquement elle était indéniablement saine, et j'ai dû, là encore, trouver des palliatifs.

Je vous en propose deux, une solution quasi-optimale et une solution approximative mais plus économique.

 La solution optimale est la viande de singe, qui est évidemment très proche de la nôtre. Mais j'insiste, la viande de singe <u>crue</u>, au moins pendant les trois premières phases.

Ne vous laissez pas abuser par la viande de singe que l'on peut trouver dans les restaurants africains, les maquis, de la goutte d'or et du vingtième arrondissement. Il s'agit toujours de viande de singe fumée et ayant donc perdu ses vertus diététiques.

 Dans ma boutique en ligne, vous trouverez en revanche de la viande de singe crue congelée d'excellente qualité.

L'organisation cette filière n'a pas été simple et je reconnais que le prix s'en ressent - J'ai dû aller jusqu'à Moscou, c'est l'un des rares frets retour de l'est de la République du Congo pour les Iliouchine qui y livrent des armes-.

Donc à défaut vous pouvez utiliser de la viande de porc, crue à nouveau.

Pourquoi ?

J'avais lu que les aztèques, après l'arrivée des espagnols, avaient renoncé assez facilement à leurs pratiques anthropophages parce que la conquête avait apporté le cochon jusque-là inconnu sur le continent américain et que la viande de porc ressemblait étonnamment à celle de l'homme.

Sur le moment Je n'ai pas cru cette assertion malgré les nombreuses études génétiques montrant que l'homme a un génome plus proche du porc que de celui du chimpanzé.

Et puis, un jour, dans un congrès, organisé bénévolement aux Seychelles par une firme pharmaceutique, j'ai retrouve par hasard un collègue avec qui j'avais fait mes études de médecine. Il s'était spécialisé dans la lutte contre le ronflement, cet autre fléau du siècle.

Pour ce faire, il brûlait au laser la luette de ses patients afin de dégager les voies supérieures.

Il était en butte aux plaintes constantes de ses voisins, à cause des odeurs de cuisine qui s'exhalaient de son cabinet dès huit heures du matin.

En effet, la luette humaine, une fois brulée au laser, dégage l'odeur distinctive de l'échine de porc.

Il a finalement résolu son problème en déménageant son cabinet au-dessus d'un restaurant de grillades.

Cette rencontre m'a convaincu d'inclure le porc, cru bien sûr, dans le régime Dukan.

Les quatre phases de mon régime

Il est temps maintenant d'aborder un point capital du régime, celui des phases.

A la suite de mes recherches, j'ai défini une série d'aliments autorisés à volonté mais dont l'ingestion doit s'effectuer selon un calendrier très précis.

Afin de simplifier la vie de mes patients j'ai fait en sorte que les aliments autorisés lors d'un jour donne d'une phase donnée commence tous par la même lettre.

Voyons maintenant l'application pratique de ces principes.

Phase 1:

La première phase ou "phase d'attaque" est essentielle. C'est la période la plus difficile psychologiquement et physiquement parce que l'organisme s'adapte à un type d'alimentation tout à fait nouveau.

Mais c'est aussi la phase qui entraîne la perte de poids la plus rapide et donc la plus encourageante. Haut les cœurs donc.

Cette phase dure 24 jours. Pendant cette période le patient doit alterner chaque jour les aliments "en C", et les aliments "en A".

Pour varier son menu et tenir compte de sa vie sociale, il peut choisir et combiner n'importe quel aliment "en C" les jours "C" et n'importe quel aliment "en A" les jours "A".

Il y a six aliments par lettre et sept lettres pour la totalité du régime (A, C, I, O, P, R, T, U) soit quarante-deux aliments autorisés, bien plus que les jambon blanc, carotte, salade, haricot vert et brocoli autorisés par les régimes du tout-venant.

Par exemple

Jour 1 : C Céleri, Chenilles, Cajou
Jour 2 : A Asperges, Ananas, Asticots,
Jour 3 : C Cacahouètes, Chimpanzé, Cactus
Jour 4 : A Amandes, Autruche, Avocat

Phase 2 :

La seconde phase ou "phase de consolidation" poursuit les acquis en réveillant pleinement le primate qui sommeille en vous.

Votre compagnon ou compagne pourrait en être heureusement surpris(e), ce qui compensera sûrement les quelques inconvénients d'un régime qui reste à ce stade relativement contraignant.

La phase 2 dure, comme la phase 1, 24 jours par périodes de deux jours, alternant à nouveau deux lettres. Cette fois I et P.

Exemple-type de journées de la phase 2 :

Jour 1 : P Paresseux, Papaye, Pleurotes
Jour 2 : I Insectes, Ignames. Ipéca
Jour 3 : P Papillons, Petits pois, Petits gris
Jour 4 : I Iguane, Ilang Ilang, Impala

Phase 3 :

La phase 3 ou "phase de stabilisation" dure également 24 jours par période de deux jours, alternant deux lettres, O à nouveau et P.

Le régime se relâche insensiblement, les aliments en O étant autant simiesques qu'humains post-paléolithiques.

 Il s'agit de commencer à préparer le retour à la normale tout en grappillant encore quelques centaines de grammes voir kilos.

Les effets secondaires simiens sont toujours la même s'ils commencent à s'estomper, profitez-en.

Exemple-type de journées de la phase 3 :

Jour 1 : P Paresseux, Papaye, Pleurotes
Jour 2 : O Oursins, Ortie, Ouistiti
Jour 3 : P Papillons, Petits pois, Petits gris
Jour 4 : O Oeufs, Opossum, Origan

Phase 4:

Enfin la phase 4 ou "phase de transition", ramène progressivement le patient vers un régime normal.

Les aliments restent simiens mais sont plus variés. Ils s'inspirent directement de l'alimentation du paléolithique postérieur après l'invention du feu mais avant la domestication des céréales.

 Les aliments autorises pourront donc être cuits mais uniquement en utilisant les techniques de l'époque, c'est à dire soit rôtis au feu de bois allumé en frottant des pierres de silex soit bouillis dans un outre de cuir dans laquelle on aura versé une pierre préalablement chauffée au feu.
Silex et outres de peaux naturelles sont également en vente, à des prix avantageux, dans ma boutique en ligne.

 Cette fois, la phase s'étale sur vingt cinq jours par période de cinq jours faisant alterner cinq lettres dont deux déjà utilisées lors des phases précédentes O et P, auxquelles s'ajoutent trois nouvelles R, T et U.
[1]

Exemple-type de journées de la phase 4 :

Jour 1 : P Paresseux, Papaye, Pleurottes, Papillons, Petits pois, Petits gris
Jour 2 : R Renne, ragondin,Raifort
Jour 3 : O Oursins, Ortie, Ouistiti, Oeufs, Opossum, Origan
Jour 4 : U Urus[2], Umeboshi, Ustilaginal[3])
Jour 5 : T Tortue, Topinambours, Tourterelle

Au terme de ce régime, le patient sera mince comme ses ancêtres, sans avoir eu à subir, sinon via son estomac, aucun des maux de la préhistoire : forte mortalité infantile, froid, famine, prédateurs, raids des clans adverses, espérance de vie de vingt à vingt-cinq ans au mieux, faible densité donc consanguinité et ennui.

---

[1] Bison d'Europe; j'en importe de Pologne
[2] Prunes japonaises, je les prends rue sainte Anne
[3] Comme son nom le suggère, un champignon

Tout de même, quand j'y pense, si j'avais été homme-médecine ou chaman à cette époque, histoire de récupérer le meilleur morceau du mammouth sans m'être donné la peine de le chasser, je n'aurais pas eu beaucoup de clients : 0,5 habitants au kilomètre carré et tous minces en plus.

Finalement on a peut-être bien fait d'inventer le feu et l'eau chaude....

Etc

Palais Royal (Paris Ier) -
Pont de l'Alma (Paris VIIIème)

Et

Avenue Montaigne (Paris VIIIème)-
Palais de l'Elysée (Paris VIIIème)

À la manière

Du club V.I.P
de

Dédé la sardine

Motocrotte

Palais Royal–pont de l'Alma

<u>Le scénario</u>

Une Mercedes 600 limousine aux vitres fumées passera vous prendre à la sortie du Conseil Constitutionnel au Palais Royal.

Elle vous emmènera dans un institut de beauté renomme ou l'on vous prodiguera des soins de beauté personnalisés notamment un lustrage du crâne avec de l'huile de guano d'eider d'Islande, une exclusivité.

Puis la limousine vous conduira au Ritz.

Elle sera là, assise sur un tabouret du bar. Réservée et pourtant mutine, avec sa coupe de cheveux si caractéristique, son nez un peu trop long et son regard à faire fondre une mine anti-personnel.

Elle vous reconnaîtra immédiatement. D'instinct, le courant passera entre vous, elle, éblouie par votre intelligence et votre expérience, vous par sa beauté et sa fraîcheur.

Partez vite pour une promenade motorisée inoubliable dans Paris, avant que votre chauffeur, breton comme il se doit, ne soit complètement ivre.

<u>Les points forts</u>

- un programme court mais très complet puisque vous passerez de la main du masseur à la culotte du zouave

- Viagra fourni (dans le mini-bar de la limousine)

-piqûre "italienne "en option (fournir un électro-cardiogramme)

<u>Nos conseils:</u>

-il n'y a pas d'âge pour réaliser ses fantasmes, laissez-vous emporter, on ne vit qu'une fois et à votre âge chaque minute, chaque élan, compte

<u>Notre prestation comprend</u>

La mise à disposition de la limousine avec son chauffeur et sa passagère. Les soins de beauté et les consommations au Ritz.

<u>A votre charge</u>

Si vous avez assez d'énergie pour pousuivre jusqu'au petit matin prévoyez un pourboire (au sens littéral, n'oubliez pas que votre chauffeur est breton), pour l'heure du laitier

Une prestation Club VIP en coopération avec vos amis du conseil des sages, pas si sages que ça, qui se sont cotisés pour vous remercier des bons moments que votre avant dernier livre leur a fait passer.

Avenue Montaigne- palais de l'élysée

Le scénario

Un soir de déprime, vous êtes invité chez un publicitaire, que vous avez débauché de l'autre camp, qui a convié à diner quelques amis dans l'espoir de vous distraire de votre spleen.

Parmi eux, une chanteuse, ex-top model. Déprimé, vous parlez peu.

Pourtant, elle vous écoute attentivement, comme fascinée. Vous la raccompagnez en gentleman. Elle vous laisse son numéro de portable.

Deux jours plus tard le publicitaire vous signale qu'elle ne comprend pas que vous ne l'ayez pas rappelée.

C'est parti : votre charisme a encore une fois frappé.

Les points forts

- un conte de fées qui fera toutes les unes

- Kennedy n'a qu'à bien se tenir

Nos conseils

- soyez simplement vous-même, le big boss

-vous avez intérêt à vous faire ré-élire

<u>Notre prestation comprend:</u>

Le diner à l'île de la Jatte, pour le reste tout se fera tout seul, comme papa dans maman

<u>A votre charge:</u>

Vous plaisantez! Le bonheur d'un ami n'a pas de prix

Une prestation Club VIP en coopération avec jacques Seguela, Universal music et Paris-Match

Rue des archives

~ 61 ~

(Paris IIIème)

à la manière de

Dan Brown

Motocrotte

DA VINCI IPOD

Paris, juillet 2007

Sophie Ducière, Directrice des archives nationales de France, était une jeune femme compétente et ambitieuse.

Très compétente et très ambitieuse.

Compétente, il avait fallu l'être pour survivre à une classe préparatoire à Henri IV, à l'école des Chartes et à l'école du patrimoine.

Mais la plupart de ses collègues l'étaient tout autant qu'elle.

Et elle l'admettait bien volontiers. En privé seulement.

Mais ambitieuse elle l'était plus que la plupart d'entre eux. Ce qui en avait fait depuis peu et à moins de quarante ans, le plus jeune des directeurs des archives nationales depuis la création du poste en 1790 et la première femme titulaire du poste.

Pour ce faire elle était passée, en les piétinant au passage, sur le ventre d'une bonne cinquantaine de collègues ayant plus d'ancienneté qu'elle.

Et ce qui les faisait enrager tous, c'est qu'elle n'avait même pas couché pour en arriver là. Et comme ils étaient quand même trop bien élevés pour en lancer le bruit, il en enrageaient plus encore.

A vrai dire la question ne s'était même pas posée.

Toutefois Sophie ne se faisait aucune illusion sur ce que cette nomination devait à ses talents professionnels. Elle s'était juste trouvée là au bon moment et avec le bon profil (au propre et au figuré car elle était relativement photogénique et cela avait été probablement décisif).

Et le président avait fait un casting, un de plus, rien de plus.

Il n'était pas d'usage que le président se penchât sur le choix du directeur des archives nationales mais cette fois il en était allé autrement. En effet le prédécesseur de Sophie avait eu l'obligeance de demander de lui-même sa mise à la disposition de la mission de préfiguration des archives du bagne de l'Ile du Diable à Cayenne.

Un peu plus tôt, il s'était répandu dans Paris, pour dire tout le mal qu'il pensait du projet du président de transformer le siège des archives nationales dans Le Marais en une "maison de l'histoire de France".

"Un petit barnum parce que tout chez lui est petit", "un Disneyland à la sauce Mallet et Isaac" se plaisait-il à répéter.

Le mot "Disneyland", auquel le président était fort attaché pour des raisons sentimentales, avait été pris en haut lieu comme une insulte personnelle.

Aussi alors que le directeur des archives préparait en sous-main une pétition contre le projet en page 3 du Monde, réunissant le ban et l'arrière ban du collège de France, de l'Institut et de la Sorbonne, une enquête prestement menée par la Direction Centrale du Renseignement avait déterré une sombre affaire de bizutage a l'Ecole des Chartes ayant -un peu - mal tourné trente ans plus tôt et qui avait été étouffée à l'époque.

Cela avait convaincu le directeur d'aller goûter, prestement, aux charmes équatoriaux de la Guyane. On racontait dans les couloirs des Archives Nationales que, convié à l'Elysée, par son secrétaire général, celui-ci lui avait dit, en lui tapotant l'épaule avec une familiarité amicale, "le legs Dreyfus a besoin de vous... là-bas"

Le président s'était donc trouvé avec un poste vacant à pourvoir, plus tôt que prévu, et c'est sur Sophie que son choix s'était porté. Un bon choix, sans aucun doute, Sophie avait l'échine souple et comprenait vite.

Elle avait pourtant commencé sa carrière modestement, comme nombre de ses collègues, dans un dépôt d'archives départementales. Mais après des années d'études de bas latin et de vieux français dans des manuels édités par les Belles Lettres sur papier vergé, elle avait réalisé qu'elle avait complètement fait fausse route, en se trouvant confrontée pour la première fois de sa vie de manière prolongée avec l'odeur de moisi humide qui nappe tous les dépôts d'archives.

Le fait que son patron d'alors, un vieux conservateur au bord de la retraite, s'obstinasse à la frôler au fond du dépôt sous prétexte de lui montrer telle ou telle vieille charte mérovingienne, sans même assumer pleinement son fantasme, avait ajouté à son dégoût.

Aujourd'hui encore elle allait le moins souvent possible visiter les dépôts et le faisait toujours avec un masque. "A la japonaise", disait-elle, par coquetterie, et elle avait même réussi à lancer une petite mode.

Au bout de quelques mois elle avait demandé sa mutation et avait réorienté sa carrière vers le versant le plus glamour de sa formation, la conservation de musée. Très vite elle avait tourné le dos aux idéaux austères de sa jeunesse, travailler dur, vivre peu, vivre assez mal mais vivre pour conserver et transmettre le passé.

Elle avait en effet pris gout au cortège de cocktails, de vernissages et de petites mondanités avec les élus et les journalistes qui accompagnent la vie culturelle, même en province.

Elle avait jeté son dévolu sur la côte d'azur : "des vœux monacaux aux veules de Monaco" ricanait elle parfois. Au bout de quelques années, et de beaucoup d'entregent, elle s'était retrouvée à Nice.

C'était là qu'elle avait fait montre de tout son potentiel. D'abord elle avait survécu à deux maires successifs aussi peu intéressés l'un que l'autre par la culture en général et par l'art moderne en particulier dans une ville qui, pourtant, en regorgeait pour avoir attiré à sa proximité Cocteau, Matisse, Chagall, Picasso, Léger, Dufy, Klein, j'en passe et des meilleurs.

C'en était au point qu'elle les appelait affectueusement "mes deux G" par référence à deux amateurs d'art figuratif allemands de la première moitié du vingtième siècle, prématurément disparus, et dont le nom commençait par un G.

 Le premier maire, homme de conviction, avait garde sur l'art les idées carrées de son parti d'origine, le front national. Il fallait qu'il soit "sain et éducatif ou à la rigueur pourvoyeur de devises fortes". Dieu merci, les américains, japonais et autres anglais avaient fait en sorte de le satisfaire.

Le second voyait plutôt dans la peinture un art appliqué. Ancien champion de France de motocyclisme et, de ce fait, surnommé, facétieusement, "motocrottes" par ses collègues députés, il n'appréciait vraiment la peinture que sur des surfaces concaves.

 Le coup de génie de Sophie avait été d'organiser au musée d'art moderne de la ville une exposition intitulée "décoration et design de choppers, un art de brutes ou un art brut?". L'inauguration avait eu lieu en présence de la famille Teutul, les célèbres fabricants de choppers d'Orange County.

Les aventures de la famille, sous forme de reality show hebdomadaire, mêlant gros cubes et goualantes du patriarche barbu Paul Senior sur sa bande de barbus à moitié obèse, faisait les délices du maire qui les regardaient en boucle sur la chaîne Découverte (sans s).

Le maire était aux anges, allant d'un engin à l'autre, caressant là l'écartement d'une fourche, s'émerveillant ailleurs de l'astiquage parfait d'un pot d'échappement ou de la subtilité d'un dégradé de flammes rutilant sur un réservoir king size. Le tout sous les flashes des photographes et sous les sunlights des caméras de la chaîne Découverte qui en profitait pour tourner un nouvel épisode de la série.

Le maire, pourtant habitué aux caméras, même si c'était surtout celles de FR3 Nice, était fou de joie: il allait se trouver héros dans sa propre série favorite. Ca avait été l'un des plus beaux jours de sa vie.

En plus Sophie s'était occupée de tout, même de la tournée des Macdonalds de la ville par les Teutuls après l'inauguration, même du classement des plaintes des riverains et de leur dédommagement après qu'elle ait prudemment abandonné les Teutuls, qui avaient voulu terminer la fête, hors caméras, dans le vieux Nice.

Le maire, aux anges, l'avait étreinte et d'une voix cassée par l'émotion, et d'où avait disparu toute faconde méridionale, lui avait dit "Sophie, c'était sublime, un rêve devenu réalité, je te revaudrai ça, je te le promets".

Et le plus étonnant est qu'il avait tenu parole, en la recommandant chaudement, lorsque le poste de directeur des archives nationales s'était trouvé vacant. Il faut dire que les niçois, le "gang des niçois" disaient certains- eux préféraient s'appeler entre eux "la salade"- avaient le vent en poupe.

Après un détour par l'écologie, qui s'était avéré électoralement peu payant, l'heure était au retour aux fondamentaux, la chasse à l'électeur à sa dextre voire à l'extrême dextre, fondamentaux dont les varois, eux, il fallait bien le reconnaître, ne s'étaient jamais écartés.

Témoin de cette faveur, l'intérêt bienveillant que le ministère de l'intérieur d'une part et celui de l'identité nationale et de l'immigration d'autre part avaient exprimé pour la proposition de loi d'un ancien assistant parlementaire devenu, par la grâce d'une suppléance, député, de faire installer des portiques de détection d'armes a feux à l'entrée des maternelles des ZEP et d'y transformer la sieste obligatoire en couvre-feu, avec retrait des allocations familiales à la première incartade et expulsion de la famille doublée de déchéance de nationalité en cas de récidive.

Les sondages avaient été bons, La proposition serait discutée à la prochaine session parlementaire et les décrets d'application étaient en préparation.

Presque malgré elle, Sophie avait bénéficié de la vague. Quand elle y pensait elle se disait qu'elle était l'olive dans la salade. Mais tout cela sentait un peu trop l'anchois, ne serait-ce que pour la date.

Bref elle avait été parachutée directeur des archives nationales après un entretien de dix minutes avec le secrétaire général de l'Elysée. Sur le moment il lui avait semblé qu'elle avait bafouillé et complètement raté l'épreuve.

En même temps, en partant, elle avait vu un pouce se lever à la hauteur d'un enfant de dix ou douze ans au coin de la porte d'entrée du bureau. Sur le moment elle s'était dit qu'elle avait tapé dans l'œil d'un très jeune admirateur égaré dans ces salons.

Il n'y avait aucune forfanterie dans cette réflexion, elle savait d'expérience quel effet produisait le contraste entre son chignon, ses lunettes fines et ses tailleurs stricts mais ajustés, d'une part et ses formes généreuses, d'autre part. A l'école des chartes, on l'avait surnomme pour cela "la pouliche", mais il est vrai qu'il en fallait peu pour affoler ces binoclards.

Elle n'avait réalisé que bien plus tard, avec le coup de fil de l'Elysée lui annonçant sa nomination, que le pouce appartenait au président et que son mouvement vers le haut valait onction.

Elle préférait ne pas penser au même pouce, peut être tourné, un jour, vers le bas.

 Elle s'était donc retrouvée en charge du déménagement des archives nationales à Sarcelles et de l'exposition de préfiguration sur le thème " amour quand tu nous tiens: 2000 ans de passion amoureuse chez les rois, empereurs et présidents de la France éternelle".

Le thème avait été choisi, après sondages, par la cellule de communication de l'Elysée. Ca exposerait Carla, ce serait bon pour les ventes de Paris Match et pour les votes dans les maisons de retraite.

Guy Breton et Louis Pauwels plutôt que Marc Bloch et Fernand Braudel, un choix tout à fait dans la ligne du quinquennat.

Au début elle s'était prise au jeu. Le thème était amusant et les collections nationales regorgeaient d'objets originaux susceptibles de l'illustrer. Par exemple elle avait récupéré à Amboise le bilboquet stylisé du duc de Joyeuse, un cadeau personnel d'Henri III et à Vincennes, dans la bibliothèque de Charles V, le premier manuscrit illustre du Kama Sutra jamais parvenu en France. Il était passé par les empires abbasside puis byzantin via Venise, une pure petite merveille.

Les protestations des conservateurs auquel elle arrachait les pièces, qu'elle comparait volontiers aux grouinements des gorets, à l'approche du couteau du boucher ne faisaient qu'ajouter à son plaisir. Ces grouinements étaient paradoxalement d'autant plus frénétiques que la pièce avait sommeillée longtemps, oubliée, dans les réserves.

Mais on se lasse de tout, même des grouinements de gorets. Les rois, empereurs ou présidents faisaient montre de beaucoup d'impatience mais de bien peu d'originalité et de finesse dans l'expression de leurs sentiments amoureux. Dans l'ensemble c'était même consternant. Ainsi la correspondance amoureuse de Napoléon à Joséphine pendant la campagne d'Italie, consternante de platitude et de naïveté quand on sait qu'elle le trompait à tour de bras (lui pas encore, mais il allait se rattraper).

 Pour son petit neveu Napoléon III, c'était encore pire. La pièce choisie était une liste de licences de bureaux de tabac attribuées en récompense aux parents des lorettes, conquêtes d'un soir ou de quelques jours de l'empereur, tirée des archives du ministère de l'intérieur. Ce qui faisait le caractère unique de la pièce était une annotation manuscrite de la main de l'empereur en haut à droite "dans buraliste il y a urals".

Ce n'était pas tant l'anglicisme qui était impardonnable. Après tout il avait passé une bonne partie de sa vie en exil en Angleterre. C'était son humour de garçon de bains. Et il était coutumier du fait puisque le duc de Morny racontait dans ses mémoires que l'empereur se plaisait à répéter que "dans bordelaise il y a ordel et aise" et que l'impératrice Eugénie répondait invariablement avec son accent espagnol à couper au couteau "et fous trouber cha drrrole Napo".

Non cela ne l'amusait plus et ce soir, après plus de dix ans de carriérisme et d'arrivisme forcenés et finalement couronnés de succès, elle était soudain prise de quelque chose dont elle croyait s'être a jamais débarrassée: des scrupules déontologiques et professionnels.

Ce n'était pas la transformation de archives nationales en un petit barnum de l'histoire de France, pour reprendre l'expression de son prédécesseur, qui la chiffonnait, non, cela faisait partie de l'équation de départ et puis après tout c'était déjà inespéré que le Président laisse derrière lui un musée autre que de montres et ça couterait moins cher aux finances publiques exsangues qu'Orsay, le Grand Louvre ou Branly.

Ce n'était pas non plus le déménagement de l'administration des archives du Marais vers Sarcelles qui la choquait non plus, aussi peu réjouissante que fut cette perspective. Ca c'était plutôt un coup de maitre par lequel le président Sarkozy avait fait taire le PS et à travers lui les intellectuels de gauche sur son projet.

Elle songea d'ailleurs avec amusement que si jamais DSK était élu et l'exposition permanente maintenue le grand hall de l'hôtel des archives, pourtant l'une des plus grandes pièces de Paris lors de sa construction au moyen âge, serait bientôt surencombrée et qu'il faudrait à nouveau déménager.

Ce n'était pas enfin l'hypocrisie suprême de la création d'une classe préparatoire à l'école des chartes au lycée de Sarcelles pour que, selon les termes du communique présidentiel "mettant à profit la présence dans la ville du siège des Archives Nationales et donc des meilleurs enseignants et des meilleures ressources, Sarcelles rivalise comme pôle d'excellence républicain avec Henri IV et les grands lycées parisiens".

Là, elle avait l'intention de les surprendre tous. Après tout Sarcelles était riche de nombreux jeunes gens studieux, rompus à la pratique quotidienne et intensive de langues mortes difficiles et passés maitres dans l'art délicat d'une éxégèse certes parfois un peu littérale mais aux ressources dialectiques complexes et imaginatives: les étudiants juifs orthodoxes d'une part, les jeunes étudiants des écoles coraniques d'autre part.

Il suffisait d'entendre Tarik Ramadan expliquer, en termes patelins, mais dans un français parfait, et citations à l'appui, pourquoi la lapidation pour adultère n'était pas, après tout, une si mauvaise idée, une fois replacée dans son contexte ou, dans le même esprit, tel rabbin ultra-orthodoxe expliquer, également citations a l'appui, pourquoi il fallait expulser tous les palestiniens de Judée-Samarie.

Avec un peu de charme auprès des imams et des rabbins concernés, elle se faisait forte de démontrer à ces hypocrites de l'Elysée que le matériel humain de la banlieue valait bien celui de la bourgeoisie parisienne ou provinciale, même la plus méritante. Elle ne pensait pas cela par militantisme ou humanisme mais par pur cynisme.

Elle savait, par expérience, qu'un chartiste comme d'ailleurs un normalien, un polytechnicien ou un énarque, ça se fabrique, quelque soit le matériau de base, pourvu qu'il ne soit pas complètement stupide, soit suffisamment malléable au départ et très, très endurant par la suite. Le reste n'était qu'une affaire de clés, de codes, de recettes, de méthodes, de volonté et de beaucoup, beaucoup, beaucoup de travail.

Non, tout ça l'amusait plutôt. Ce qui ne passait pas ce soir, c'était la réception de la liste des pièces choisies à partir de 1875. Elle avait été écartée de ce choix. S'agissant de ses prédécesseurs dans la fonction, le président Sarkozy avait décidé de choisir lui-même les pièces qui seraient exposées. Il y avait mis un soin tout particulier pour ceux de la cinquième république.

Et Sophie Ducière trouvait ce choix consternant.

Passe encore pour la vitrine Félix Faure(le chapeau à la voilette judicieusement percée de madame Steinhell, le marteau dont les employés des pompes funèbres s'étaient servis pour atténuer une protubérance fâcheuse et le mot autographe de Clemenceau "il avait voulu être César, il a fini pompé". Là il y avait 113 ans d'écoulés, on pouvait à la rigueur considérer ces pièces comme historiques mais les autres ...

Pour Pompidou, une photo de Stefan Markovic vivant (don du préfet Marchiani) puis mort (don de Dédé la caille); pour Giscard, un bidon de lait défoncé (don du Canard Enchaîné), un exemplaire de "démocratie française" maculé de rouge à lèvres et annoté en anglais sur la page de garde (don de mr Giscard d'Estaing) et un fragment de pilier du pont souterrain de l'Alma (don des services techniques de la ville de Paris); pour Mitterrand un simple diorama faisant songer à un florilège des nominées pour les rôles féminins aux Césars (don de

Roger Hanin); pour Chirac, une minuterie étanche, un pommeau de douche chromé et l'ouvrage de son chauffeur ouvert à la page correspondante (don commun de messieurs Giscard d'Estaing et Sarkozy), pour le président Sarkozy enfin. Une poupée vaudou de Richard Attias, des oreille de Mickey et un bandeau de Minnie, échanges à Disneyland lors de l'officialisation de l'Idylle, le livre de coaching fitness de Julia Imperiali ouvert à la page sur les exercices de musculation du périnée et le défibrillateur qui avait sauvé le président après son malaise vagal (tous dons du couple présidentiel).

Sophie contempla une nouvelle fois la liste. On avait convoqué le conseil d'état en pleine période de vacances judiciaires pour passer le décret de classement. Les photographes de Paris Match avaient déjà été convoqués pour un reportage exclusif en avant-première.

Oui, décidément cette liste était consternante. C'était l'"effet piscine": on croit avoir touché le fond et qu'en appuyant on va remonter mais on appuie et le fond se dérobe encore et on continue à s'enfoncer. Là, c'était du niveau "musée de la fidélité conjugale John F Kennedy" ou "musée du mariage heureux Henri VIII".

Pour la dixième fois de la soirée elle se demanda si elle n'allait pas envoyer sa démission et pour la dixième fois également, elle y renonça.

L'"Elysée la punirait sauvagement, pouce vers le bas cette fois et ces vieux cons qu'elle avait grillés dans son avancement le lui ferait payer trop cher et trop longtemps. Il n'y aurait pas de dépôt d'archives assez humide et assez paumé pour lui faire expier.

Bar Le Duc ou Charleville Mézières étaient trop bien encore et puisque Cayenne était déjà prise par son prédécesseur, elle était bonne pour les archives de Mata Hutu a Wallis et Futuna ou celles de Saint Pierre et Miquelon à moins qu'on ne l'envoie trier les archives de la Terre Adélie et des Kerguelen.

Et puis après tout elle n'avait à avoir honte de rien, le directeur du trésor avait lui aussi moins de 40 ans et personne n'y avait trouvé à redire et puis les américains considéraient comme une date majeure de l'histoire de l'art le jour où Jackie Kennedy avait imposé des nappes de couleur au lieu de nappes blanches a la maison blanche.

Alors à ce train pourquoi ne pas considérer comme historique le bandeau de minnie de Carla au même titre que le chapeau de Napoléon conservé à Fontainebleau. C'était juste l'accélération du temps. Tant qu'à faire dans le chapeau, celui de Michael Jackson avait fait 20.000 dollars sur ebay, on n'osait pas songer à ce qu'aurait fait la culotte de Madonna chez Christie.

Tiens, la culotte de Madonna songea t'elle, le président l'avait oublié dans sa liste pour Chirac celle là, il est vrai qu'à force d'écouter du Barbelivien …

Non finalement ça n'en valait pas la peine. En courbant l'échine deux ans encore elle pourrait peut-être se faire nommer ailleurs au tour extérieur, à la Cour des Comptes ou au Conseil d'Etat loin des griffes vengeresses des vieux conservateurs. Le "servateurs" était de trop pensa-t-elle.

Elle en était là de ses réflexions quand l'alarme retentit de manière assourdissante dans tout le bâtiment.

II

Le commissaire Glouzot était un vrai flic de terrain. Il connaissait son arrondissement par cœur. Il pouvait converser dans le dialecte du Fu-Jian utilisé par les importateurs-vendeurs de sacs à main de la rue Chapon (prononcez Tcha Pong) un dialecte à huit tons plus complexe que le rudimentaire mandarin qui n'en compte que quatre, et marginal, puisque parlé par à peine 150 millions de personnes.

Il avait aussi un répertoire d'histoires drôles yiddish, avec l'accent du titi de Vilnius, qui lui valait une place d'honneur à la synagogue, les jours de shabbat et il connaissait par cœur toute la discographie de Gloria Gaynor et de Dalida et savait distinguer a l'œil nu un comprime de poppers d'un comprime de GHB ou d'ectasy.

Seule faiblesse dans cette cuirasse, il avait besoin de l'assistance de son adjoint, l'inspecteur Riflard, pour comprendre pleinement le verlan des cités mâtiné d'arabe dialectal - Nadine Mouque- et de wouolof des jeunes des banlieues, assoiffés de culture, débarquant à Chatelet les Halles pour visiter Beaubourg et le Marais. Mais cette lacune était bien excusable: on était là à la limite de sa circonscription.

Mais sa vraie passion dans la vie, à part madame Glouzot, était l'andouillette.

C'est d'ailleurs attablé devant une andouillette que l'alarme aux archives nationales l'avait surpris.

"- Riflard on file aux archives, il y a eu un vol au dépôt, ça devait arriver..."

"- Pardon? "

"- Non rien et puis vous appellerez les services de l'hygiène pour une descente ici, le travailleur sans papier à la plonge je veux bien, il faut bien que tout le monde vive, mais servir une andouillette surgelée mal décongelée, c'est presque un crime, ce gargotier va voir de quel bois je me chauffe... "

Riflard sortit son carnet et nota consciencieusement d'appeler les services de l'hygiène. Le commissaire Glouzot ne plaisantait presque jamais - sauf en yiddish-, surtout lorsqu'il s'agissait d'andouillettes.

"- Alors ? Expliquez-moi brièvement les faits".

Le commissaire faisait face à Sophie Ducière, dans le grand hall des archives où régnait une agitation brouillonne, inhabituelle dans ce lieu ouaté.

"- Eh bien le gardien a constaté, lors de sa ronde, que le codex Sussex de Leonard De Vinci avait été sorti de son étagère, posé sur un lutrin, et qu'une de ses pages avait été partiellement découpée. Il a aussitôt donne l'alerte mais c'était probablement trop tard. On a fermé toutes les portes mais on n'a pas trouvé de visiteur extérieur à la maison, le voleur et son fragment doivent être loin maintenant. Et vous êtes arrivés presqu'aussitôt..."

"- Vous ne croyez pas à l'hypothèse d'un vol ou d'une complicité interne ?

"- Ecoutez, honnêtement, je n'en sais rien, mais ce n'est pas le genre de la maison, il n'y a pas eu un seul vol ici depuis 1790 alors qu'il y a des trésors sous nos pieds. Et puis, vous savez comment sont les fonctionnaires, ils gagnent une misère, mais pour rien au monde ils ne prendraient le risque de perdre leur emploi. De toute façon, j'ai retenu tout le monde. Vous pourrez les interroger un par un..."

Glouzot renifla approbativement c'était son côté limier. La petite avait de la jugeotte et elle allait à l'essentiel.

"- Mais que contenait ce fragment ?"

"-oh c'est ça le plus curieux, apparemment une simple facture d'apothicaire, vous savez on a même retrouve des notes de blanchisserie dans les codex . Ah oui et puis il y aussi un type nu assis, genre penseur de Rodin, mais avec des fils dans les oreilles et en train de passer son index sur une sorte de tuile, vraiment n'importe quoi !on se demande où ce furieux de Léonard pouvait aller chercher tout ça. Seul un pervers peut avoir eu l'idée de voler ça .."

" -Vous en êtes vraiment sûre ?"

-"non, je ne suis plus sûre de rien, mais il y a au moins une chose dont je suis sûre, c'est que tout ça tombe mal, très mal..."

 "- Comment ça ?"

"- Eh bien Google devait numériser ce codex demain "

-"Et alors ? ils ne pourront pas le faire c'est tout"

"- Ne croyez pas ça. D'abord, ils y tenaient absolument et puis il y a des enjeux plus vastes, politiques vous comprenez ? Non évidemment vous ne pouvez pas comprendre. Bon, je vais vous mettre les points sur les i. Le président doit annoncer à Davos, dans cinq jours, la fin de ce qu'il appelle les "crispations numériques de la France" et signer avec Google un accord de partenariat pour numériser tout le patrimoine français numérisable. En échange Google va prendre à sa charge le déménagement des archives à Sarcelles et l'installation du musée de l'histoire de France ici. Le but du jeu est de montrer au plan national que le musée et le déménagement ne coûteront rien aux finances publiques et au plan externe que la France est un pays moderne qui va arrêter d'embêter le monde avec ses histoires d'exception culturelle. Mais les gens de Google ont insisté pour numériser tous nos manuscrits de Léonard de Vinci avant de signer l'accord, comme un acompte en quelque sorte"...

"- Mais pourquoi cet intérêt pour Leonard de Vinci?"

"- Ah ça c'est bizarre, ça a l'air d'être une mode chez les firmes de high tech. Vous savez que Bill Gates a acheté pour une somme considérable, un codex le manuscrit Hammer ex-Leicester et il n'a jamais dit pourquoi.   Vous savez comment sont ces milliardaires américains. Les autres ont dû vouloir faire pareil en jouant les philanthropes en mettant tout De Vinci en ligne, ça leur rapportera 100 fois moins que les liens sponsorisés vers les sites pornos, mais ça fait chic.

"- Je vois ..."

A dire vrai le commissaire ne voyait pas grand-chose

-" Et il va falloir que vous les laissiez numériser demain, en espérant qu'ils ne diront rien au sujet du fragment manquant..."

-" Ah ça ma petite dame... " d'instinct, contrarié, le commissaire avait retrouvé des accents d'interrogatoire " il n'en est pas question c'est une pièce de l'enquête maintenant, ce sera sous scellés ..."

"- Commissaire, soyez raisonnable, vous allez vous faire oukazer. Je vous donne le choix ou par l'Elysée ou par le ministère de l'interieur ".

-"C'est ce qu'on verra ma petite dame ..."

"- C'est tout vu, commissaire..."

" -Eh bien allez donc téléphoner puisque ça vous démange ...".

 Sophie se le tint pour dit et fila vers son bureau. Deux minutes ne s'étaient pas écoulées que le portable de Glouzot sonna. Riflard le vit devenir livide:

-" Bien monsieur le directeur de cabinet, oui monsieur le directeur de cabinet, je comprends monsieur le directeur de cabinet, les intérêts supérieurs de la France ..."

Et il raccrocha, furax.

-"et une procédure viciée, une !,chaud devant !, la petite salope, elle avait dit vrai, il faudra laisser ces gugusses faire leur turbin, mais vous et vos hommes ne les quitterez pas d'un œil Riflard, discrètement, bien sûr, tout ça sent mauvais, très mauvais ..."

Le reste de la journée ne lui apporta guère plus de satisfactions.

III

Le lendemain 10 heures du matin.

 Sophie Ducière avait fait irruption dans son bureau devenu le quartier général de Glouzot. C'était son tour d'être livide.

"- Ils ont tout de suite vu pour le fragment manquant et ils ont aussitôt tout arrêter comme s'il n'y avait que ce fragment qui les intéressait. Et puis ils ont téléphoné aux Etats Unis. Résultat, il n'y a plus d'accord, ils ne veulent plus signer. L'annonce de Davos est à l'eau, le déménagement et le musée plantés, l'Elysée furax et je suis en sursis ... C'est la cata absolue... Ils m'ont donné trois jours, pas un de plus..."

 A cet instant le portable de Glouzot sonna.

 Il sortit dans le couloir pour prendre l'appel et revint également commotionné.

"- Moi aussi je suis en sursis et j'ai trois jours avant de retourner faire la circulation au carrefour de la rue du temple..."

"-Peut être que ...". Hasarda Sophie

« - Peut être que quoi?!" la coupa nerveusement Glouzot

"-Peut être que Robert Langdom pourrait nous aider ..."

 "- Qui est ce gugusse ?"

"- Oh un "symbologiste" américain, un type versé dans les histoires ésotériques, c'est une petite vedette dans son domaine. Je l'ai croisé à des congres de médiévistes. C'est le roi de la devinette, si possible écrite en bas latin, il est incroyable… "

"- Eh bien au point où on en est, contactez le. Mais s'il est américain nos trois jours se seront écoulés avant qu'il arrive..."

"-non, non ! il est en Europe en ce moment. Il y est toujours entre juin et septembre. Il fait la tournée des congrès spécialisés pendant les vacances universitaires, il appelle ça sa "saison de chasse à la grouse". Je n'ai jamais compris pourquoi, il n'y a pourtant pas de congrès en Ecosse..."

"- C'est une sorte de poule faisanne, non?"

"- Oui pourquoi ? ,bref je sais où il est, à un congrès à Heidelberg, j'ai décliné l'invitation il y a trois semaines , faute de crédits, j'ai vu qu'il était l'un des orateurs, donnez-moi trente secondes je vais le localiser via les organisateurs et lui demander de venir, je crois qu'il le fera, la dernière fois au congrès de Loches ... Bref. où est mon agenda" .

IV

L'arrivée à Roissy avait été, comme d'habitude, un peu chaotique.

Déjà dans l'avion il s'était fait aboyé dessus pour le rangement de ses deux bagages de cabine par une hôtesse de Lufthansa d'un bon mètre quatre-vingt-dix, en fin de carrière et dont le visage aux traits réguliers mais à l'expression rogue n'aurait pas déparé dans une pub pour un donjon SM. Il avait dû s'avouer qu'il avait adoré.

Pour la rudesse voyez Iberia pour le mépris voyez Air France mais pour la brutalité il n'y avait vraiment que les hôtesses allemandes qui savaient faire. Il se dit qu'il devrait essayer Air Berlin pour voir.

 Bien qu'il se soit agi d'un vol intra-européen, l'attente aux guichets des passeports avait été incroyablement longue. Les policiers de la bien nommée PAF étaient arrivés en sous- nombre et en retard, peut-être parce qu'il s'agissait du terminal le plus paumé et le plus mal desservi. A croire que tout le monde complotait pour rendre les vols court-courrier, déjà inconfortables, aussi désagréables que possible.

  Langdom aimait les complots. C'était son hobby, son fonds de commerce, sa spécialité presque. Mais là il se trompait.

 C'était juste un effet de ce que les hollandais (qui n'avaient jamais pardonné l'invasion de 1672 et l'inondation des polders qui y avait mis fin) la "franzeslacht", le "bordel à la française".

Il remarqua avec curiosité que si les policiers de la PAF étaient presque tous antillais, l'essentiel du personnel d'accueil était d'origine maghrébine et les employés des compagnies de sécurité opérant les portiques et les scanners étaient tous ou presque indiens ou mauriciens. Pour un pays qui disait appliquer une politique d'assimilation et ne reconnaissait pas le concept de communauté, la France semblait pratiquer une bien étrange division ethnique du travail aéroportuaire.

Comme d'habitude, il manqua de s'égarer dans les couloirs, sombres, écrasants, étroits et au modernisme daté, du terminal. L'architecte avait réussi une synthèse intéressante entre Le Piranèse et Le Corbusier, une œuvre digne de ignoble prizes.

L'amabilité, toute relative, du personnel d''"accueil" ne l'avait guère aidé et il ne devait, *in fine*, qu'au hasard d'avoir pu trouver la sortie. Il bénit le ciel de n'avoir pas eu de correspondance serrée à effectuer.

Il dut hisser lui-même sa lourde valise et ses deux bagages de cabine dans le coffre du taxi. Le chauffeur, un moustachu, n'avait pas bougé le petit doigt.

Langdom se souvint avec nostalgie de sa jeunesse. Dans le milieu des années 80 quand le dollar était à huit francs quatre-vingt-dix, même un jeune étudiant routard comme lui pouvait prendre des taxis et les chauffeurs se précipitaient pour prendre son sac à dos dans l'espoir d'un pourboire.

Depuis que le dollar était passe en dessous de 0,7 euros et qu'Airbus taillait des croupières à Boeing, le respect s'était complètement perdu en Europe. De tous ; et depuis toujours ; les français étaient les plus mal embouchés, mais au moins, il y a trente ans, ils étaient obséquieux et serviles comme les employés d'un supermarché américain. *O tempora, o mores.*

Le siège du chauffeur était recouvert d'un treillis orthopédique de boules de bois et le siège avant droit était occupé par un berger allemand qui grogna méchamment lorsque Langdom s'assit à l'arrière.

"- Couché Rex !!!... Oui vous comprenez il n'aime pas les étrangers et il les détecte tous, c'est moi qui lui ait appris ! mais bon, un américain ce n'est pas pareil, encore que depuis que vous avez un président noir :.."

ça commençait bien.

"-.. Moi, j'ai des collègues qui sont passés à des chiens étrangers, des dogues d'Argentine, des pitbulls, des komondors mais bon moi je reste fidèle à un chien bien de chez nous, le berger allemand ! C'est comme pour la bagnole pas de Toyota, de la merco uniquement '"

L'auto-radio, branche sur RTL revenait sur la condamnation la veille, par la Cour Européenne des Droits de l'Homme de la France pour sa politique d'expulsion des Roms et le sursaut corrélatif de la côte de popularité du président. Depuis la condamnation il avait regagné huit points et donc doublé sa côte.

Langdom hasarda

"- Vous savez que Francois premier les avait accueillis comme des seigneurs lorsqu'ils sont arrivés en France ..."

-"vous voulez dire Francois Mitterrand, ça m'étonne pas, tout a commencé à barrer en couille avec lui dans ce pays, l'abolition de la peine de mort tout ça, vous vous l'avez encore hein, c'est bien! non le seul truc que Mitterrand ait fait de bien c'est de remettre en selle Jean Marie avec la proportionnelle .Les romanos moi je les aime pas, j'en ai jamais vu un vouloir prendre mon taxi, d'ailleurs j'aurais refusé de le prendre"

Langdom se carra au fond de la Mercedes et resta silencieux jusqu'à l'arrivée dans le marais, une demie-heure plus tard, de peur de déclencher un nouvel exposé de politique générale.

La France restait bien la France, heureusement la France c'était aussi Sophie et ses petits tailleurs…

(Si vous voulez la suite écrivez à l'éditeur, le scénario est prêt et ne demande qu'à être écrit)

Musée Galliera (Paris XVIème)-

Muséum d'Histoire Naturelle (Paris Vème)

À la manière d'

Erik Orsenna

Motocrotte

"L'entreprise des dindes"

En visitant avec vous l'exposition "splendeurs passées du costume masculin", je vais vous raconter l'histoire de tout un univers. Un univers méconnu et refoulé même.

Celui de la soie ,des damas et de la pourpre, celui des cothurnes, des poulaines, celui des chitons, des toges, des chasubles et des caftans, celui des pourpoints et des brandebourgs, celui des tricornes, des toques, des tiares, des turbans, des aigrettes et des plumes, celui des torques ,des bracelets, des fibules, des labrets, des tatouages, des bracelets, des gourmettes, des médailles, des chaînes, des perles et des diamants, bref l'histoire du costume masculin des origines à nos jours.

 De ses débuts glorieux , la cougourde évidée, l'étui pénien,le pagne - plus encore qu'un costume :une affirmation de soi, une promesse de bonheur - , à son apogée, du seizième au dix-huitième siècle, les fraises, les crevés, les culottes bouffantes, la pelleterie, les perruques, les brocarts -splendeurs contemporaines de Versailles, d'Ispahan, d'Agra et de la cité Interdite - à son naufrage sinistre des dix-neuvième, vingtième et hélas vingt et unième siècle .

 Oui naufrage sinistre, calamiteux même, je n'ai pas peur des mots. Vous croyez que j'exagère ? Que non pas.

Comparez par exemple le portrait de Louis XIV par Hyacinthe Rigaud et le portrait officiel de François Hollande par Raymond Depardon, tous deux maîtres de la France à trois siècles d'écart.

Louis quatorze, déjà âgé, uché sur des escarpins à haut talons et à boucles, en bas de soie, le mollet avantageux -il s'en vantait-, la fistule a peine protégée par une petite culotte bouffante, drapé dans une cape de soie et de brocards bleu France bordée d'hermine, emperruqué jusqu'au milieu du dos et tenant un sceptre.

Pour ses contemporains, l'incarnation de la puissance et de la majesté. Pour nous un vieux travelo, une drag queen, qui il y cinquante ans aurait fini bloc pour attentat à la pudeur et scandale sur la voie publique, et qu'on prendrait aujourd'hui pour un militant d'Act up en train de tracter dans Le Marais.

A côté de cela, François Hollande en costume sombre dans les jardins de l'Elysée. Un croque mort. Un croque mort sympathique, sincère et instruit, mais un croque mort. Rien d'autre.

Oui, cette histoire est celle une route glorieuse, qui s'arrête d'un coup, et qui au lieu de revenir au sable comme la route de la soie, finit dans les ornières et dans la fange humide d'un marécage, cernant une décharge sauvage.

 Car quelles sont les couleurs de l'homme aujourd'hui je vous le demande ?

Le noir comme une flaque de cambouis, le marron comme un amoncellement de bouses de maturité variable, le bleu marine, tellement sinistre qu'il n'existe même pas dans la nature et le gris comme un ciel de nuages bas qui s'apprête à crever pour vous tremper jusqu'aux os.

Et pour les fantaisistes le caca d'oie, le bien nommé et le vert foncé, la couleur d'un compost bien fumant. Et je ne parle du blanc cette non-couleur et du bleu ciel, cette couleur de layette qui sent le vomi laiteux du nouveau-né.

 Seul vestige de coquetterie masculine, misérable et pathétique : la cravate . Empruntée aux costumes bariolés des régiments de hussards croates du dix-septième siècle, elle fait payer sa maigre fantaisie -un peu de couleur-, par un étranglement permanent. Non ,triste époque, vraiment, et ignoble accoutrement.

Oui nous voilà revenu à nos origines. Non pas poussière retournant à la poussière mais boue revenue à la boue.

Il n'y a plus que les agents immobiliers -profession douteuse mais socialement utile comme les prostituées et les militaires - pour se payer le luxe de s'habiller en costume rouge ou jaune canari et les VRP pour mettre des vestes à carreau. C'est même à ça qu'on les reconnait.

Et je ne vous parle pas des militaires. Là aussi le kaki cette couleur d'excrément, a tout balayé, les pantalons garance, les red coats, les brandebourgs, les plumes, les cuirasses rutilantes, les casques à cornes , les bonnets à poils ,les kilts, les jupettes à franges de cuir et les caligae, j'en passe et des meilleures.

Le hussard n'est plus sur le toit, il s'est noyé dans la fosse septique.Il n'y a plus que le 14 juillet qu'on sorte le casoar, tant pis pour madame.

il n'y a qu'à l'académie française qu'on se déguise encore un peu et avec des épées en plus.

Mais c'est en vert foncé, l'épée ,n'est plus hélas, vu l'âge des impétrants, qu'un symbole ou un souvenir, et tout cela tient plus du rituel de sénateurs cacochymes se faisant talquer et langer dans un bordel de la troisième république que de la célébration de la mémoire de Richelieu, un homme en rouge, portant robe et calotte, soit dit en passant.

Triste époque que celle qui bannit la couleur. Et on appelle ça la civilisation et le progrès. Moi, je comprends ce qui se sont battus avec des sagaies et des sarbacanes contre les fusils et les mitrailleuses du colonisateur et des missionnaires pour conserver le droit de porter hautement et fièrement leur étui pénien bariolé. C'étaient des hommes, des vrais, pas les clônes couleur d'excréments ou de mâchefer que nous sommes devenus.

Et que dire de ces tissus ajustés, de ces camisoles étriquées où nous sommes enfermés et où ous étouffons tous, de haut en bas, du tour du cou aux chaussures fermées, en passant par bien plus important encore.

Le monde antique n'a pas connu le pantalon, de Sumer à Attila. Ce sont les barbares des steppes qui l'ont inventé, pour mieux chevaucher à cru. Contrairement à une légende tenace les braies de nos ancêtres les gaulois n'étaient pas des pantalons mais des bandes molletières, comme en 14.

Le pantalon est donc une invention barbare.

C'est le chiton, la toge, le caftan, la robe de soie, le kimono qui distinguent le civilisé du barbare.

Et même Attila, qui avait été otage à Byzance dans sa jeunesse, n'avait qu'une hâte de retour en Pannonie: celui de le baisser pour se remettre une toge pour se sentir enfin à nouveau à l'aise au milieu de ses jeunes épouses.

Gengis Khan en portait et Tamerlan aussi. On sait ce qu'ils ont laissé: à part Samarcande, des champs de ruine, des pyramides de crânes et des millions de morts. Oui le pantalon est un vêtement de criminel.

Thèse hasardeuse, grotesque diront certains. Pourtant dans la sombre histoire de l'Humanité les exemples abondent et tous me confortent.

  Ainsi Pierre le Grand massacre t'il tous les soldats du régiment révolté des streltsy allant jusqu'à en torturer et exécuter quelques-uns lui-même. Même chose quelques années plus tard avec les raskol, les vieux croyants. Pourquoi tant de haine? Ils portaient le caftan et Pierre la culotte et Elizabeth et Catherine après lui et ils ont rétabli le servage.

Avec Lénine et Staline, même chose avec deux crans de plus dans l'horreur, d'un côté complet veston puis pantalon et vareuse militaire, de l'autre des millions de moujiks et de koulaks en blouse. Ils n'avaient aucune chance. Un massacre appelé révolution.

Et que dire des chemises noires face aux pagnes éthiopiens ? Et du dhoti, le pagne drapé de Gandhi face aux uniformes kaki des troupes coloniales britanniques ?

Le slip est la quintessence de cet engoncement. Il contrarie le libre jeu de la nature, ce balancement circonspect, cette aération naturelle qui fait la beauté de nos congénères animaux mâles.

Mais la nature se venge. Le slip maintient une température trop élevé pour une spermatogenèse de qualité. La semence se dégrade et s'appauvrit, les champs ont beau être labourés la graine ne monte pas. Si le grain ne meurt disait Gide, qui le semait du mauvais côté …

Trop tard et la mode éphémère des caleçons n'y changera rien.

Le grain est mort et il faudra en chercher du vif là où il est convenablement aéré, sous les djellabahs.

Eminence m'a tuer, il n'y a plus de kangourou prêt à bondir dans la poche que vous avez demandé.

Et que dire enfin de pilosités, cet ornement masculin naturel, des bouclettes des immortels des bas-reliefs de Persépolis à la majesté des mérovingiens incarnée par leur chevelure jamais coupée, de Charlemagne l'empereur à la barbe fleurie à l'empereur Frédéric Barberousse ou au pirate barbe noire.

 Par contre Attila et ses huns là encore sont décrits par les contemporains comme balafrés, en clair couturés de cicatrices de rasage, cet acte contre nature.

Le dix-neuvième siècle, tout en plongeant l'humanité dans la grisaille et la noirceur et l'étouffement des vêtements ajustés a paradoxalement été le dernier âge d'or des ornements pileux, peut être par manière de compensation.

Ah les rouflaquettes louis phillipardes, les boucles romantiques de la Jeune France de Gauthier et Hugo, les belles barbes de la troisième, les bacchantes 1900 et le proverbe sur le baiser sans moustaches, la barbe immense de Tolstoï, père noël de la steppe cachant sous elle Dieu sait quelle surprise.

Mais déjà le siècle de toutes les barbaries, le vingtième, s'avance, avec ses hommes glabres ou quasi. Qu'attendre d'un Guillaume II avec sa petite moustache en guidon de vélo, d"un Lénine avec sa barbichette, d'un Staline et d'un Hitler avec leurs petites moustaches, d'un Mussolini ou d'un Mao complètement glabres.

 Et dire que "la chose" dans la famille Adams passe pour un monstre, alors que si nous laissions faire dame Nature nous devrions tous lui ressembler …….

Dame nature justement. Notre voyage se poursuit au Museum d'Histoire Naturelle du Jardin des Plantes ou le professeur Bourquat, spécialiste du dimorphisme sexuel animal, va m'expliquer pourquoi dans la nature, chez nos frères restés eux-mêmes, les animaux, les mâles sont toujours plus gros, plus beaux, plus colorés, plus ornés, plus coquets, plus voyants, plus emplumés, parfois que les femelles ces petites choses grises et insignifiantes.

Pourtant dans notre cas, les femelles nous ont dépossédés en quelques années de tout ce bel apparat, d'où le titre de mon livre: "l'entreprise des dindes".

Paris XVIème

~ 93 ~

A la manière de

Loran Deutsch

"Motocrotte"

Chapitre 16:
"Rue de la Pompe- Château de la Muette"

"Il y a peu de stations de métro dans ce quartier, sans doute parce que les embarras des tranchées et le bruit des travaux auraient incommodé les habitants, dont beaucoup roulaient calèches et qui n'avaient pas grande considération pour ce nouveau moyen de transport, somme toute bien populaire.

Les calèches ont disparu, remplacées par les Minis ou les Smarts de madame et les berlines allemandes de monsieur. Quand il s'agit de voitures ou de placements le bourgeois n'est guère patriote.

On se perd en conjectures sur l'origine du nom de la rue de la Pompe ce qui est sûr c'est qu'il n'y a jamais eu de pompe ici. Peut-être ce nom est il lié a la réputation joyeuse qu'avait le village de Passy et ses vignobles au moyen âge. Cette gaieté s'est en tout cas perdue.

Une explication rétrospective tentante est la densité de paires de Loeb, de Church et de Weston au mètre carré qui est certainement la plus élevée de France. La plus élevée de monde même pour ce qui concerne les Weston, marque bien française et même limougeaude, très largement inconnue outre-Manche et outre-Atlantique.

Non loin de là, les rues d'Andigné et Albéric Magnard sont bordées d'hôtels particuliers1900, tellement ornementés, que leur laideur en devient attachante. De grosses Mercedes à plaques diplomatiques garées là, et quelques policiers en faction, témoignent du goût de quelques potentats pétroliers africains pour cette architecture un peu chargée. Si ces murs pouvaient parler, les prétoires, pour commencer, seraient pleins:... Là en effet bat le cœur de la Françafrique.

Un peu plus loin, au croisement de la rue de Franqueville et de la rue André Pascal, le château de la Muette, folie Louis XV, aujourd'hui siège de l'Organisation de Coopération et de Développement Economique (OCDE), est un endroit plein de paradoxes.

Ses dorures, conçues pour abriter des parties fines avec des "caillettes" sont aujourd'hui le théâtre de réunions à bailler d'ennui si vous n'êtes pas titulaire d'un doctorat en économétrie.

Pilâtre de Roziers s'en est envolé en montgolfière pour le premier vol humain mais en cinquante ans d'existence l'OCDE n'a jamais réussi à lancer un programme de travail sérieux sur les transports aériens, archétype du protectionnisme qu'elle est censée combattre.

Elle avait, avant tout le monde, prôné la généralisation des fonds de pension mais le sien propre était tellement mal calculé et géré qu'il a du être renfloué par les Etats membres.

Dernier bastion du "consensus de Washington"(privatisations généralisées, suppression du salaire minimum, flexibilisation du marché du travail) maintenant que le FMI est devenu social, son centre de conférences a pourtant accueilli récemment une réunion de l'Internationale Socialiste.

Tout en goûtant, avec délectation, aux délices de l'art de vivre à la française, des bistros aux chefs étoilés, des repas de deux heures, aux bonnes bouteilles et aux chambres d'hôtes, ses fonctionnaires internationaux suivent de loin mais avec perplexité et une certaine crainte, comme le feraient des expatriés occidentaux dans un pays du tiers monde au bord de la guerre civile, l'actualité politique locale et les péripéties du dialogue social à la française: réseaux de transport et raffineries paralysés contre autisme, matraque facile et policiers ne sachant pas compter.

Ils jettent un œil rond d'incompréhension au mélange des genres à la parisienne: trésorier du parti majoritaire et ministre en charge des redressements fiscaux, politiciens de tout bord en ménage avec des journalistes de prime time, premier parti d'opposition déchiré par des querelles d'Atrides et d'ego drapées dans une phraséologie quasi-révolutionnaire, télévision privée de propagande et télévision publique, dernier vague îlot critique, ministre de l'intérieur proférant, ambiance de congrès aidant, des propos auprès desquels une brève de comptoir fait figure de haute littérature, un double Watergate qui ne fait même pas froncer un sourcil, une barbie qui déchaîne les barbouzes, j'en passe et des meilleures, bref la France, une, grande, éternelle et insubmersible mais peut être momentanément un peu décoiffée.

Tout cela n'atteint pas réellement le quartier ou la banlieue ouest où la plupart résident et la BBC, CNN ou le Financial Times qui sont un peu leur Pravda, n'en parlent plus guère, à force, comme s'ils s'étaient dégoutés de notre capacité à survivre à nos propres démons.

Pour rien au monde pourtant, ils ne quitteraient ce pays qu'ils ne comprennent pas, où les gens sont si mal embouchés, mais où il fait, après tout, si bon vivre.

Seuls les latins et les mitteleuropéens l'apprécient sans mélanges, habitués qu'ils sont à encore plus de désordre et gardant l'image d'un Paris ville lumière.

Mais Maurice Chevallier ou Mistinguett' n'ont jamais habité le XVIème où les illuminations sont d'ailleurs chiches même à Noël. Elles incommoderaient les riverains.

En replongeant dans le métro, dans son bruit, dans sa foule, dans ses odeurs, bref dans sa vie, le calme quasi mortifère du quartier, son luxe discret et cul serré, sa propreté clinique apparaissent complètement surréalistes, décalés, improbables, comme si, par exemple, le maire de Neuilly était devenu le président de toute la France.

Collège de France,

(Place Marcelin Berthelot,

paris Vème)

À la manière

D'Emmanuel Le Roy

Ladurie

Leçon inaugurale

"Pratique le plus souvent horizontale, l'inceste est aussi une pratique transverse et généralisée qui imprègne la société rurale du néolithique à la première guerre mondiale au moins, cette grande tuerie, ce grand brassage aussi.

L'inceste joue un rôle-clé dans cette société rurale médiévale et traverse toute la société, de la noblesse où la consanguinité est une marque de fabrique encore aujourd'hui, au hameau le plus isolé.

Seuls les bergers n'en bénéficient pas et doivent se rabattre sur leurs troupeaux.

Il est à la fois facteur de cohésion du groupe, en tant qu'expression ultime du modèle de production et de consommation autarcique et élément de solidarité trans-générationnelle, sur deux et trois générations, parfois plus, en ces temps où la vie vaut peu et où on ne s'attache guère.

Il permet aussi de maintenir une autarcie totale et d'éviter de s'engager dans les échanges en nature ou monétaires qu'implique l'exogamie, échanges susceptibles de déséquilibrer irrémédiablement les capacités de survie de la cellule familiale toujours à la marge du niveau de subsistance même les rares bonnes années et bien en dessous de ce niveau en période de crise.

Enfin il contribue, par des grossesses précoces et souvent fatales tant à la mère qu'à l'enfant, à conjurer la pression démographique et à maintenir le périlleux équilibre ressources-besoins en ces temps de rendements agricoles stagnants, voire décroissants aux marges des terroirs.

Il est un des nombreux mécanismes de contrôle démographique que met en oeuvre le monde paysan pour éviter l'accroissement des bouches à nourrir et le fractionnement de la terre qui en résulte, au côté de l'infanticide direct des filles en bas âge et du coïtus interruptus , et de fait il tient un peu des deux.

. Il est peu documenté, faute de chroniqueurs, d'abord parce que les paysans avant le dix-neuvième siècle sont totalement illettrés et ensuite parce qu'il est en quelque sorte banalisé donc invisible et même pas digne d'être relaté.

Comme le dit le regretté professeur Desproges " l'inceste n'est pas grave puisqu'il ne sort pas de la famille".

Il est vécu comme une étape, comme l'était dans l' antiquité le statut de l'eromène adolescent auprès de son éraste, à ceci près qu'il s'agit cette fois d'une pratique très majoritairement héterosexuelle.

Il n'empêche donc pas, par la suite, de fonder un foyer qui a son tour le pratiquera comme une chose normale, en particulier pendant les longues soirées d'hiver si sombres et si froides en ce petit âge glaciaire.

Par ailleurs tout en étant une pratique de passage donc transitoire, le renouvellement rapide des générations en fait également une pratique quasi-continue.

C'est un mécanisme universel, l'un des rares traits communs à toute la paysannerie dans le temps et dans l'espace.

Jules César en note l'existence avec intérêt dans sa guerre des Gaules. Dix-huit siècles plus tard, Arthur Young le relève avec curiosité dans ses "voyages en France". On le trouve au nord et au sud de la Loire, dans les pays de bocage et dans ceux d'open fields, de la Beauce prospère à la Bretagne miséreuse ,en langue d'oïl comme en langue d'oc, chez les manouvriers comme chez les propriétaires aisés, en pays de bière et en pays de vin ou de cidre, en pays blanc et en pays rouge où les curés et les instituteurs le pourchassent au dix-neuvième siècle avec un zèle et un insuccès commun.

Il est, pour tout dire, une autre facette de la malédiction de la glèbe.

C'est la ville qui, paradoxalement, (puisqu' elle apparait, vue des champs, comme un espace de perdition et de dépravation), qui va, par son essor, le faire laborieusement régresser au cours des deux derniers siècles.

 Il faudra attendre l'avènement des transports aériens long courrier et du tourisme de masse pour assister à son remplacement par une pédophilie enfin élargie au-delà du cercle familial".

Motocrotte

La Sorbonne

(47 rue des écoles, Paris Vème)-

La closerie des lilas

(171 boulevard du Montparnasse, Paris VIème)

A la manière de

Michel Onfray

"Un grand coup de pied au ça : pour en finir avec la névrose du Freudisme"

"Laissons là l'homme.

Je ne parle pas l'allemand et je produis un livre tous les six mois.

En bon intellectuel français je me refuse à me documenter.

Je laisse cette tache médiocre à la corporation besogneuse des biographes.

Je suis un penseur moi, pas un chercheur, j'ai autre chose a faire que de lire des livres, j'en écris.

200 pages a l'arrache, trois interviews, une bonne polémique et je passe au bouquin suivant, c'est ça le cycle littéraire.

De toute façon l'homme importe peu.

Comme le dit Paul Valéry, l'homme n'explique pas l'œuvre et pourtant Valéry était aussi ennuyeux que son œuvre, plus peut être même, ce qui n'est pas peu dire.

Freud était macho ? La belle affaire!

Les féministes de sexe masculin étaient rarissimes à l'époque.

Peu me chaux également qu'il ait été antisémite, il avait simplement soif d'intégration.

Il a été un temps fasciné par les nazis, certes, mais qui ne l'était pas alors ? Cet apparent relèvement économique, ces enfants blonds, ces uniformes, tout ce cuir, ces chants, ces bannières, ces oriflammes et ces flammes ....

Passe encore qu'il ait été obsédé sexuel et ait généralisé et théorisé ses propres névroses et obsessions. Comment ne pas être obsédé et névrosé à une époque où le bordel était une institution sociale centrale mais où on voilait encore les pieds des tables parce qu'ils pouvaient faire penser à des chevilles de femmes.

Peu m'importe aussi qu'il ait truqué ses résultats expérimentaux, c'est là une pratique courante de scientifiques et d'une certaine façon cela élève ses travaux au niveau de la scientificité, il n'y a pas besoin de truquer quand on délire simplement.

Il y en a besoin par contre lorsque que l'on structure, pour tout faire rentrer dans des catégories que l'on présente comme absolues et qui sont par essence approximatives, arbitraires, réductrices et bricolées.

Je suis également totalement indifférent au fait qu'il ait plagié, imité, piqué des idées à d'autres.

Que croyez que fassent les professeurs d'universités avec leur thésards et la plupart des gens qui publient des signes imprimés qu'il s'agisse de journalistes, de chercheurs, d'écrivains ou même d'auteurs de mots croisés, de notices techniques ou de prospectus publicitaires ?

Comme le dit Montaigne dans une de ses lettres à La Boétie "depuict les anciens, on s'estoit tanct pompé et enstre-pompé que le monde en estoit teste bêche" et il le savait bien lui qui a pompé les moralistes antiques avant de se faire pomper sauvagement par Pascal. Les américains appellent cela une "daisy chain".

Voyez aussi Schopenhauer: "le monde des idées est un palimpseste, ou plutôt un citron pressé jusqu'au zeste" avant d'ajouter en vrai amoureux de l'Italie "mais c'est le zeste qui donne son goût au Limoncello..."

De même que Freud ait re-packagé des concepts existants en leur donnant un nom sexy me laisse de marbre.

Le culte du nombril est déjà la chez Saint Augustin et Amiel et dans l'Adolphe de Constant, mais qui les lit encore ? Le gout du panpan cucul est dans les Confessions de Rousseau et celui du pipi caca chez Sade. Le "j'assassine papa pour prendre sa place dans le lit de maman" chez Eschyle, Euripide et Sophocle, et le "je fais ce que je veux et je vous emmerde tous", chez Suètone racontant Tibère, Néron ou Caligula, les romains étant des théoriciens assez pauvres mais de remarquables expérimentateurs.

Bon, très bien, mais convenez que "ça" , "moi" et "surmoi", "principe de plaisir" et "principe de réalité" j'en passe et des meilleurs, ça a une toute autre gueule.

Peu m'importe également qu'il ait manipulé ses collègues, ses disciples et ses patients, joué les gourous, encouragé les chapelles, soutenu l'une puis l'autre et de manière hypocrite, trahi ses amis, divisé pour régner, trompé sa femme peut être, négligé ses enfants et excommunié quiconque pouvait lui faire de l'ombre.

Réveillez-vous, nous ne sommes pas chez les bisounours, tout ça est l'essence de la vie en société et plus encore de la vie intellectuelle.

Vous n'avez donc jamais eu de collègues, d'amis, de famille ou mieux encore de stagiaires ou d'admiratrices ?

Venez avec moi au Café de Flore ou à la Closerie des Lilas et je vous montrerai ce qu'on peut faire avec ce beau matériel humain.

Laissons là également l'oeuvre.

Mal traduite me dit on - je suis incapable de juger - publiée chez Payot uniquement, donc rare et chère, et développée progressivement donc pleine de remords et de contradictions.

Non je laisse à chacun le soin de se remémorer ses lectures de terminale.

Sans caricaturer aucunement, c'est une simple clé des songes revue pipi caca maman schlicka schlicka comme l'écrit si finement Edika, l'un des plus grands penseurs de notre temps- qui en est chiche- avec Binet.

Je concède même qu'il y a des fulgurances, le stade anal par exemple, un concept d'une puissance explicative rare : mon éditeur en est encore là quand on parle d'avance pour mon prochain livre, il retient ses euros comme l'enfant chez Freud retient ses excréments.

Mais appesantissons nous plutôt sur les conséquences, sur la chape de plomb qu'on fait peser, que font toujours peser, les freudiens sur la vie intellectuelle française depuis plus de cinquante ans.

D'abord, à Paris on n'est personne si l'on n'a pas fait une "analyse".

Parlons en, étaler tous ses misérables petits tas de secrets, comme disait Malraux, pendant qu'un type assis a côté fait "hon, hon..." avant de finalement lâcher au bout d'une heure sa première phrase intelligible "c'est 100 euros" ,et ça toutes les semaines pendant cinq ou dix ans, et pas remboursé par la sécu.

Faites le compte , vous y laissez un en gros une BM (série 3 ou 5) ou l'équivalent d'un studio dans un quartier décent de Paris ,ou encore un diner bi-hebdomadaire a la closerie.

Et tout ça avant d'avoir vendu votre premier livre.

Sur un salaire d'enseignant, même universitaire, je ne vous dis pas la ponction.

 Et pourquoi à la fin ?

Juste pour pouvoir dire, comme les autres, avec des intonations légèrement trainantes "alors, pendant mon analyse..."

Un peu cher payée la pose quand même.

Et le seul truc qui marche à tous les coups dans l'analyse, c'est le transfert. C'est garanti sur facture (même si d'ailleurs on paie toujours en liquide).

On a beau le savoir, ça vous tombe dessus comme un trente-cinq tonnes au détour d'un passage piétons et vous n'y pouvez rien. Ca m'est évidemment arrivé aussi.

Seul problème : mon psy était un homme, gros, à moitié chauve et dont les cheveux restant étaient gras, mais j'en étais raide-dingue. J'ai mis des années à m'en remettre.

Et puis prenez Lacan le grand prêtre, et l'injustice faite homme :

Moche comme un pou, mais toujours suivi par une cohorte de groupies, dont certaines, ma foi, regardables.

Un homme qui n'a presque jamais écrit de livres mais dont les simples transcriptions sur bande magnétique de conférences erratiques et peut être prononcées sous l'emprise de la boisson entraient immédiatement dans le top10 des ventes des PUF.

Un homme enfin qui a fait passer le jeu de mots de garçons de bains, je dis bien le jeu de mots à 100 balles, pas la contrepèterie cet art noble et subtil, du genre "comment vas tu -yau de poele", au rang d'énigme métaphysique au signifiant caché et dont personne, je dis bien personne, ne saurait mettre en doute la profondeur sous peine des foudres de Dieu le Père et de ses zélotes.

Eh bien moi j'en ai assez de cette sorte de Darry Cowl panthéonisé.

j'ose me dresser, m'ériger, m'érecter même, je crache sur la tombe de Lacan et je lui réponds, tout haut et très fort: "pas mal et toi-le à matelas, connard!!!! ".

Que les harpies, gardiennes du temple freudo-lacanien viennent me prendre et me déchirer, je suis là, nu et offert, sur le parvis. Et je leur dis merde."

Avenue des Champs Elysées (Paris VIIIème)

À la manière de

Carla Bruni

"Maryline"

Une chanson inédite de Carla Bruni (2010)

:

Pour des raisons qui nous échappent, cette chanson a disparu de l'album dont elle devait faire partie. Elle a cependant fuité sur internet. La DCRI enquête. La maison de disque et l'artiste se sont refusées à tout commentaires

Peut être retrouverons nous ce titre lorsque Carla aura retrouve sa liberté - artistique bien sûr-. D'ici là il n'aura probablement rien perdu de son actualité

Refrain:

Maryline sur sa bouche de métro
s'y blottit pour avoir un peu chaud
Y a longtemps qu'elle n'a plus de boulot
Et qu'elle ne dort même plus dans une auto

Le Dentiste elle n'y va plus
Il n' veut pas prendre la CMU
Les restaus du cœur
C'est l' métro à six heures
Y a plus de monde chaque année
Mais à quoi bon en parler
Y en a que pour la laïcité
C'est pas ça qui va la réchauffer

Motocrotte

Alors…

Maryline sur sa bouche de métro
s'y blottit pour avoir un peu chaud
Y a longtemps qu'elle n'a plus de boulot
Et qu'elle ne dort même plus dans une auto

Les passants, ils donnent pour le chien
Elle, c'est comme si elle n'était rien
Heureusement qu'elle n'est pas d'Roumanie
Elle aurait embarque à Roissy
Pour la première fois de sa vie
Pour se retrouver encore plus démunie
Dans les égouts de Pitesti

Alors …

Maryline sur sa bouche de métro
s'y blottit pour avoir un peu chaud
Y a longtemps qu'elle n'a plus de boulot
Et qu'elle ne dort même plus dans une auto

A Nanterre, un collègue de galère
Lui a volé son alloc de misère
Quand passe le fourgon du SAMU
Elle se cache, elle n'veut pas être vue
Au foyer elle ne veut plus y aller
Elle n'a pas envie d's'faire agresser
Pour des draps propres et un repas chaud
C'est un peu cher payé même pour une clodo

Alors…

Motocrotte

Maryline sur sa bouche de métro
s'y blottit pour avoir un peu chaud
Y a longtemps qu'elle n'a plus de boulot
Et qu'elle ne dort même plus dans une auto

Voilà un policier municipal
Qui lui dit "allez on remballe "
Et veut l'embarquer en douceur
Elle s'accroche à son chien, elle a peur
Ils appellent le SAMU
Pour ce soir c'est foutu
C'est noël, faut pas perturber les achats
De ceux qu'ont encore un peu de gras

Alors..

Maryline n'a plus sa bouche de métro
Pour se blottir et avoir un peu chaud
Y a longtemps qu'elle n'a plus de boulot
Et qu'elle ne dort même plus dans une auto

Avenue Foch (Paris XVIème)

à la manière de

Georges Perec

L'album du baron

Roman à contrepets

Dans le texte qui va suivre, une évocation de la tristement célèbre affaire Bettencourt, Georges Perec se montre fidèle à son programme de contraintes formelles sans cesse renouvelées. Après avoir écrit un livre entièrement dépourvu de la lettre "E", puis un livre ne comprenant comme voyelles que des E, multiplié les palindromes et les lipogrammes, , il a décidé, cette fois, de multiplier cette figure de style admirable de langue française et qui n'a d'équivalent qu'en chinois la contrepèterie[4].

Pour Georges Perec, la contrepèterie est une passion, une insulte et un défi.

Une passion parce que c'est un objet totalement mathématique et donc informatisable puisqu'elle s'apparente à une permutation de termes dans une matrice.

Une insulte parce qu'elle est le prototype de ce qu'on pourrait appeler un bug, pardon une bogue linguistique. La fourche qui langue, le lapsus calami est à l'orateur ce que le programme qui crashe est au Nerd.

---

[4] Ce n'est pas tout à fait exact, il existe en anglais quelque chose d'approchant, le spoonerism, du nom du révérend William Archibald Spooner (1844-1930) qui en parsemait, volontairement ou non, ses sermons. Eu égard a sa respectable origine, le spoonerism n'a jamais pris la dimension égrillarde qu'il a toujours eu en France depuis Rabelais ni été élevé comme chez nous au rang de grand art. Pourtant il avait tout pour, puisque Shakespeare lui-même, le Barde, le pratiquait dans le même esprit ; "**ph**easant **p**lucker" ou "those girls have a **c**unning array of **st**unts"

Motocrotte

On connaît la fascination de Georges Erec pour les nombres, la symétrie et les emboitements en abîme. Son roman compte donc 69 chapitres comportant chacun très exactement 69 contrepèteries.

D'une certaine façon en les utilisant ad nauseam, Georgs Erec crée une catharsis. Il cherche à exorciser les contrepèteries, à les bannir à jamais de ce langage qu'il veut épurer jusqu'au dépouillement comme le sont l'assembleur, le pascal, le cobol et le C++.

En n'en donnant jamais la solution, il redonne son innocence au texte dont elles pourraient être tirées.

En en saturant le lecteur, il les lui rend inoffensives.

En en usant, il les usent à jamais.

Comme en son temps Malherbe, le bien nommé, il arrache symboliquement ces mauvaises herbes de notre langue.

Chaque ligne ou presque de ce texte en cache une.

Pour aider lecteur nous les avons, contre l'intention initiale de l'auteur, signalées par la mise en gras de voyelles, consonnes ou syllabes à inverser.

Chapitre 1

Autour d'une **pinte** de **fine**

Avenue Foch, octobre 2010

- Ce **flanc** est décidément trop **grêle** !

- Arrêtez, ne **bronchez** pas, **taisez**-vous !,

Gouaillez si vous voulez en avalant votre flanc mais cessez de critiquer ce repas !

Vous avez commencé par trouver la liqueur de menthe trop forte ensuite vous vous êtes récrié "des nouilles encore!", alors qu'elles sont au caviar.
$
Ces nouilles ne cuisent tout de même pas au jus de canne!

 Ensuite vous avez râlé contre, je cite la "gamelle" de morilles servie avec le poulet au vin jaune.

"Gamelle" allons donc! c'etait une saucière! Et en pierre fine*, qui plus est !

Qu'est-ce qui ne va pas encore ? La décoration peut être ? Vous la trouvez de mauvais goût? Vous croyez qu'il faut cacher ce lumignon ?

Vous allez finir par vexer le maître d'hôtel et le cuisinier, et vous savez combien nous avons besoin pour nos petites affaires de gens de maison dévoués, à commencer par les concierges

-Ah les concierges n'aiment pas être éveillés brutalement... Et ils sont toujours là à quémander des étrennes...

-Ah, qui dira l'avidité des concierges !

- Et je ne parle pas du comptable et de l'infirmière ...

 - Cette poule minable...

- Minable peut être mais cette bonne faiseuse nous prépare la bête...

- Il ne faut tout de même pas des notices pour mettre des ventouses...

- Détrompez -vous ! Aujourd'hui il faut avoir de sacrées notions pour piquer et c'est tout de même bon d'être piqué sans nausée*. Et je ne parle de l'informaticien qui "arrange" les comptes pour les rendre illisible au fisc

- C'est vrai que la puce est bien nourrie…

-Eh oui ! Mais c'est le prix de la subtilité, dans une affaire pareille, on ne peut pas arriver bravement avec ses grosses galoches

- Et puis parfois on trouve plus malin que soi…

- C'est donc vrai ? Quelqu'un a un jour réussi à vous léser, baron! Je n'en crois pas mes oreilles !

- c'est vous qui le dites!...

-Ne soyez pas ballot donnez-moi vos sources! …

- N'insistez pas, dites-moi plutôt ce qui vous déplaît ici, le panorama ? De la terrasse, on peut tout de même voir la berge...

-oui mais vous taisez ce brouillard qui en monte, ces voiles de brumes me glacent, on se croirait dans Lohengrin...

- Ah ces bêtes cygnes, décidément la muse vous habite... Avalez plutôt une pinte de cette fine

- Elle est excellente en effet, cette fine est sans dépôt, cet alcool a une fine ampleur, vous savez quoi, elle me fait l'effet d'un trou normand: après ce marc j'ai à nouveau envie d'une bonne dînette...

- vous savez, au fond, nous avons un peu les mêmes problèmes : gestionnaire de fortune et trésorier de campagne électorale sont vraiment des métiers de longue haleine, de coureur de fond au propre et au figuré, au singulier et au pluriel.

Motocrotte

C'est comme le tennis: il faut le pratiquer avec patience.

Vous êtes toujours comme un équilibriste, vous dansez avec votre perche.

N'a pas de part de butin qui veut. Il ne faut jamais quitter son but des yeux.

 Nous arrivons au port mais il est miné mais qu'importe bientôt nous atteindrons le but en criant "vainqueur"!

- Mais pourquoi avoir décidé d'agir maintenant ?

-Ecoutez, je n'avais pas trop le choix dans la date.

D'abord la juge des tutelles s'est déférée sur le tard, ensuite sa fille est momentanément calmée par un chèque à ses œuvres.

-notre midas a fini par banquer quand on lui a présenté habilement ce don mais il en a fallu lui donner des couleurs à notre don..

- Certes ce noble but se souffrait pas de la crise

- Vous comprenez naturellement que notre contribution à vos propres "bonnes œuvres" doive rester secrète: s'il venait à se savoir que celui qui se dit le président de tous les français se fait financer sa campagne par plus riche héritière du pays ça pourrait mortifier les foules.

-Oui il ne faut pas que la foule sente le magot. Beaucoup se sont brûlés pour moins que ça…

-Ah le suffrage universel, goûtez moi cette farce! Quelle sente pleine de fables! On verra peut être un jour Besancenot en pull Lacoste

-Et puis après s'ils ne sont pas contents qu'est-ce qu'une manifestation? Rien! Une simple pluie la disperse, la foule n'aime pas être mouillée…et toutes ces **grè**ves sont d'un **vul**gaire

- Dites-moi et bien sûr sans aucun rapport avec l'enveloppe que je vais vous faire remettre tout à l'heure, avez vous pu parler à vos amis du programme économique que je vous ai remis ?il y en assez de ces **am**as de **p**atentes !

- Oui, oui, tout à fait, le ministre des finances lui-même trouve toutes les **b**aisses **f**aisables, mais elles risquent de paraître assez ciblées, mon devoir...

- Ecoutez dans "compagnons du devoir" il y a "devoir" et c'est un mot de trop, au diable la **philanthropie** de l'ouvrier **charpentier**…

 - Si le mot "devoir "vous paraît obscène, moi c'est le mot "enveloppe", c'est un **m**ot de **g**uichet, parlez plutôt de contribution...

- D'ailleurs puisque nous en sommes aux explications de gravures, je vous serai reconnaissant à l'avenir de passer par moi et de ne pas vous adresser directement au comptable, même si vous en avez parlé avant à madame Bettencourt, c'est moi qui décide, lui ne fait que **p**eser les butins. D'ailleurs si vous insistez le **c**aissier va vous **f**uir…

- Vous êtes bien méfiant, croyez-vous que votre **c**aissier dissimule des fonds?

- Sûrement pas, mais votre maladresse le heurte, à chaque fois mon caissier est **f**umant de rage

- Cette belle **p**robité lui demande sûrement une belle **t**ension

...
- Cessons la nos disputes, comment va notre hôtesse ?, son état m'inquiète. Si la juge des tutelles s'en mêle …

- Elle est bien agitée, il faut l'apaiser en la bercant doucement. Elle s'énerve aussi parfois, une sorte de rage lui tient lieu de verve... Et elle devient acariâtre, elle exhale sa bile et se fait détester...

- Et vous donnez-moi des nouvelles du président...

-il va bien, enfin, aussi bien que les sondages le permettent, mais il travaille sur ses faiblesses, il passe beaucoup de temps à réviser avec son conseiller culture ...

- Ah le dompteur dresse sa bête à lire ! Et sur un plan plus personnel ?

- Sa nouvelle marotte est le chocolat chaud, il en boit à tout propos...

- Croit il que le cacao peut le guérir de son nanisme?

- Oh! vous êtes bien grossier…

- Et vous donc tout à l'heure avec votre " alors ce jus c'est pour quand ?"

- C'est vrai, je me suis laissé aller, je l'avoue, mais quand je suis un peu saoûl je n'ai plus de remords, je doute de mon foie et puis j'ai beau fréquenté la crème à Chantilly, la politique a un vocabulaire de corps de garde...

- Et ses débauchages chez l'adversaire ?

- Il va bientôt marquer un grand coup. Il va nommer secrétaire d'Etat à la ville une ancienne députée communiste, eh oui en douce elle a pu lâcher le marteau

- Et ces histoires de valeurs chrétiennes, de visite au pape avec Bigard que sais-je encore, il y croit vraiment ?

- Absolument! il n'y a aucune fiction dans ces messes...bien assez bavardé, pour combien allez vous m'inscrire dans votre album cher Baron ? A dire vrai il me faudrait cette fois 400.000 euros...

- 400.000 euros ! Si j'en juge par le coût c'est vraiment incongru!

Chapitre 2 :
Qui a piqué ce petit nabot…

Carla…

-

Conservatoire national des arts et métiers, (292 rue saint Martin, Paris IIIéme)

À la manière de

Blaise Pascal

Notice de la maschine pour l'usage de ceux qui seront assez malincts pour la retrouver .

(Manuscrit retrouvé dans la doublure du pourpoint de Blaise Pascal lors de sa mort et exposé au Conservatoire National des Arts et Métiers aux côtés de la "pascaline" , la machine à calculer construite pour son père par Pascal)

"J'écrivois bien "seront" puisque, la mort dans l'âme, j'avois décidé de dissimuler ceste maschine aux yeux -et aux mains- de mes contemporains et ceste notice également.

Cela n'a poinct été une décision facile, car je tiens ceste invention pour mon chef d'oeuvre, bien plus que la brouette, la calculette, le haquet[5], mon expérience sur la pression atmosphérique, mon théorème sur les coniques, mes observations sur la cycloïde et enfin mes libelles et ces petites pensées qu'il m'arrive de consigner parfois et de coudre dans mes vêtements comme un chien cache son os à moëlle...

Cette machine a nom le Philippier. Je n'ai poinct retenu la suggestion de monsieur de Champlain, en partance pour la nouvelle France de l'appeler "machine à boules"[6] . Je lui aict préféré le nom de "philippier", car j'avais dédié cette invention à Philippe d'Orléans, oui, Monsieur frère du roi.

Mal m'en a pris d'ailleurs, cette dédicace m'a ruiné et fait disgracié.

C'estoit donc sans regret que je visse les deux couvercles en marqueterie sur le plateau et le fronton de l'engin, comme on visse un cercueil, sans regret aussi que je referme ce tiroir, avec quelques brouillons qui pourraient me valoir condamnation en Sorbonne dedans[7], ce tiroir , qui m'a valu tant d'ennuis .

---

[5] véhicule hippomobile conçu pour le transport des marchandises en tonneaux.

[6] Et, de fait, c'est encore ainsi qu'on l'appelle au Québec.

[7] Dans un passage obscur du "Pendule de Foucault, Umberto Ecco laisse entendre que le philippier se trouve à l'académie Française Quai Conti, dissimulé en console louis XIII et que son tiroir contient non seulement le véritable manuscrit complet des Pensées mais aussi la résolution de la conjecture de Fermat, les plan du four à micro-ondes et une formulation

Motocrotte

La maschine estoit composée d'une petite table à tiroir en chêne de deux pieds de large et de trois pieds de long.

Ceste table est bancale car elle estoit légèrement inclinée vers le haut. Elle estoit montée sur quatre pieds solides en chêne noir chantourné, comme c'estoit la mode aujourd'hui, d'une hauteur de deux pieds et demi environ pour ceux sous le tiroir et de deux pieds trois quart pour ceux sous le fronton.

Au bout de la table se trouvoit un fronton de deux pieds et demi de haut, large, comme la table, de deux pieds.

Certains s'eschineront peut-être à retrouver le nombre d'or dans ces proportions. Elles m'estoient venues naturellement. Monsieur frère du roi qui estoit plus un soldat qu'un artiste, il est vrai, y voit lui une table de ferme sur laquelle on bousculoit une servante.

D'ailleurs il avait fait adorné le fronton, que j'avois laissé de bois verni, d'un tableau de monsieur Poussin, "les émois de Danae".

Monsieur de Philby, accompagnant le prince héritier anglais dans son Grand Tour, et ayant usé de la machine avoit re-baptisé le tableau "play it again Zeus".

Je maîtrisois mal cet idiome provincial et barbare qu'estoit l'anglais, mais il me sembloit que ce n'estoient point-là des propos à tenir de la part d'un curateur des collections de sa majesté la Reine, mais bien plutôt digne d'un cosaque de Tartarie.

De toute façon, cela n'avoit rien d'étonnant: monsieur Lully m'a dit qu'il luict avait aussi volé un hymne, une fort petite chose heureusement, "Dieu sauve le Roi", je crois.

Dans le tiroir sont rangées des billes de métal, d'environ un pouce de diamètre. Sur le côté droit du tiroir et face au fronton, se trouve ce que j'ai appelé une "tirette".

Il s'agissoit d'une tige de métal terminée par un bouton qui s'enfonçoit dans la table où elle est maintenue par un ressort et qui se terminoit par un autre bouton, plus petit et plat cette fois.

---

primitive de la théorie quantique. Mais qu'est-ce qu'on n'imaginerait pas pour vendre des livres?

Si on la tiroit, une des billes du tiroir descendoit d'un petit couloir de bois incliné ménagé dans le tiroir pour se placer devant le bouton plat de la tirette dans le philippier.

En tirant plus ou moins en arrière la tirette et en la relachant, on envoie la boule de métal plus ou moins fort sur le plateau.

Il estoit temps de décrire celuict-ci. Il estoit hérissé de "champignons" en cuir bouilli avec un anneau ou plus précisément une volve c'est-à-dire d'une lanière circulaire de cuir entourant le pied auquel elle est jointe par des ressorts horizontaux.

La boule, en redescendant, heurtoit plus ou moins vivement une de ces lanières et se trouvoit renvoyé vers un autre champignon, en dessus, en dessous ou sur les côtés selon l'angle de la frappe, tandis qu'un jeu de clochettes, dissimulé dans le chapeau des "champignons" retentissoit, rythmant ainsi la partie.

Bien sûr la boule, pesanteur aidant, sera inévitablement attirée par le bas du plateau.

Sur les deux côtés du tiroir, de part et d'autre de la tirette, se trouvoient deux petits boutons métalliques légèrement saillants et encastrés dans les parois latérales de la table.

Ils actionnoient par un jeu savant de levier, deux petites " raquettes ", deux pièces métalliques de deux pouces de long chacune, de bas en haut, laissant un espace de deux pouces entre eux, au milieu de la table, donnant en contrebas sur le tiroir.

Si la boule, renvoyée par un des champignons, tomboit sur un de ces leviers, on pouvoit en poussant l'un des boutons latéraux imprimer un mouvement brusque vers le haut qui renvoiera la boule de métal vers le haut du plateau où elle reprendroit sa course folle entre les champignons à grands coups de clochettes.

Certains joueurs très habiles, comme Monseigneur, arrivoient même à faire aller la boule d'un levier à l'autre avant de la relancer pour lui donner plus d'"effet".

Si par contre la boule tomboit entre les deux leviers, elle estoit irrémédiablement perdue, et finissoit dans le tiroir. Une partie se jouoit en cinq boules, qu'on avoit bienctôt faict de perdre.

Passons maintenant au fronton.

Même avant que Monsieur n'y colloit sa peinture légère (bien que, personnellement les tonalités utilisées par monsieur Poussin pour peindre les chairs me faisoient irrésistiblement penser à de la viande froide, mais bon, moi et l'art contemporain...), le fronton n'était pas vierge.

Il estoit déjà percé de deux fenêtres rectangulaires où quatre rouleaux de faïence, ornés de chiffres défiloient.

C'est là ma plus grande fierté de meschanicien, plus encore que les champignons avec leurs volves à ressorts et leurs clochettes ou que la tirette et les leviers latéraux.

Pour ce faire Je m'estois directement inspiré de la machine à calculer que j'avais inventée pour mon père, la pascaline, autre invention coûteuse, inutile, et sans avenir qui a bien failli me ruiner, elle aussi.

Le mécanisme en estoit moins complexe, puisqu'il qu'il ne s'agissoit ici que d'addition. Chaque fois que dix unités avoient défilé sur la roulette de droite, cette roulette entrainoit le déplacement d'un cran de la roulette située immédiatement à sa gauche.

Non, la difficulté résidoit bien pluctôt dans le lien à establir entre le choc avec chaque champignon et l'ajout de poincts et la différentiation des poincts à accorder en fonction des champignons.

J'estois parvenu à ce petit miracle par des jeux de tirettes et de câbles métalliques extrêmement complexes aboutissant dans le corps du fronton à des engrenages plus ou ou moins démultipliés et mettant en prise ou débrayant, selon les circonstances du jeu les roulettes de ce que j'appelois mon "totalisateur".

Le réglage de ces tirettes, de ces câbles et de ces engrenages estoit extrêmement délicat et devoit se faire quotidiennement et sur place. Un déplacement de la machine, déjà fort lourde- il falloit bien qu'elle soit faite de chêne et solidement assemblée pour résister aux coups de boutoirs des joueurs -, aurait irrémédiablement détérioré ses mécanismes délicats.

Et ce fût bien là l'origine de ma perte.

En effet j'avois dédié mon invention à Monsieur Frère du roi et l'avait nommé d'après lui, dans l'espoir, je le confesse (la confession n'a de toute façon aucune valeur ni intérêt chez les jansénistes puisque la Grâce est innée, elle ne me coûte donc pas cher) qu'il financerait de sa bourse, qu'on disoit bien pleine et généreuse, sa production et sa diffusion dans tous les estaminets de France, moyennant force taxes et intéressement divers, bien sûr.

J'avois en effet encore inventé une petite chose sans avenir la " tirelirette".

Il s'agissoit d'une fente où le client de l'estaminet glisseroit un sol. La pièce en tombant libéroit, par un système de contrepoids, les boules retenues prisonnières dans le tiroir en abaissant une trapette et en les mettant en contact avec la tirette.

Monsieur m'a fait ôter ce meschanisme " bon pour les masnants et les bourgeois " car il le gênait dans son jeu. J'aurois dû me méfier.

Monsieur de Philby que j'avais essayé de mettre de mon parti, vu ses relations étroites avec Monsieur, avait d'ailleurs trouvé ce "business plan" comme il l'appelait — quelle langue barbare décidément! - fort à son goût.

En effet l'affaire désastreuse des carrosses à cinq sols[8] (ils n'étaient pas assez grands, trop chers pour la populace et trop lents faute de voies réservées, maudite municipalité)

---

[8] Pascal est à l'origine de la première tentative, désastreuse, de transports en commun à Paris .Comme quoi, on peut être un grand mathématicien et ne pas savoir additionner deux et deux ou calculer un point mort.

puis celles des pascalines à 100 livres de coóût de revient mais vendu cinquancte, m'avoient laissé fort démuni, malgré, ou à peut-êstre à cause de mon génie inventif.

Quant à l'invention de la brouette pas moyen d'en tirer un sol. Et pourtant quel progrès pour l'humanité. Tout le monde n'avoit pas la chance, comme Archimède, d'avoir des galères romaines à brûler avec des miroirs.

Mes espoirs ont été bien déçus.

Malgré cette dédicace quasi royale je ne pouvois amener la machine aux appartements de Monsieur. Sa mécanique si frasgile n'y auroit poinct résisté.

Monsieur avoit donc pris l'habitude de venir y jouer chez moi, une habitude qui estoit devenue très vite une addiction.

Toute la journée, ma modeste demeure était envahie de jeunes gens en dentelles et pourpoints de soie, les jeunes gens , bien mis , les gens de la suite de Monsieur, bruyants, lutinant mes servantes et m'a ti l semblé, mais je ne puis le croire, mes valets, vidant mon garde-manger et ma cave et surtout se livrant à des parties endiablées et sans fin de philippier à toute heure du jour et de la nuit et se traitant l'un l'autre de "ramollis de la volve" à chaque boule perdue.

Non contents d'envahir bruyamment et de livrer au pillage mon intérieur ces jeunes gens mal appris maltraitaient la pauvre meschanique, en la rudoyant, en la bourrant de coups, de face en boutoir, de côté, sur les poussoirs et en la soulevant même avant de la laisser retomber brutalement, tout cela pour éviter de faire tomber la boule (le "polichinelle" disaient-ils, de retour du théâtre des italiens) dans le tiroir.

Tous ces mouvements brutaux et intempestifs ne faisoient que dérégler le jeu délicat des tirettes, des câbles et des engrenages que j'avais si soigneusement disposés.

Tous les matins, après une nuit d'insomnie (tant le tintamarre arrosé de leurs parties nocturnes ne me laissaient point de repos) je devois passer des heures sous le philippier allongé sur le dos, alors que j'estois perclus de douleurs depuis l'enfance, à raccorder tel câble brisé, à rajuster telle tirette déplacée, à re-calibrer tel engrenage sorti de son logement, le tout à la lumière d'une chandelle vacillante.

"On ne voit plus que vos pieds" m'avoit dit plaisamment mon valet, me voyant couché sous la machine pour la réparer et il avoit ajouté "on dirait un charretier écrasé sous sa charrette" et il n'avoit pas tort -

Pire encore, quand leurs gesticulations ne parvenoient pas à faire aller la boule là où ils le vouloient, de rage, ils tapoient du poing sur le plateau de verre.

Vous savoies combien couste une plaque de verre ?

Il n'y a pas de manufacture en France capable de produire une plaque transparente de deux pieds sur trois[9], On ne sait faire ici que du papier huilé ou du verre opaque vert en cul de bouteille, assemblé en vitrail.

Je devois faire venir mes plaques de Venise et en plusieurs exemplaires encore, car à force de tempêter sur les vitres, ces joueurs enragés finissoient par les briser. Par me les briser même, puisque je payois tout de ma bourse.

En effet Monsieur faisoit la sourde oreille à toutes mes demandes de soutien.

Et quand j'eus enfin le courage d'aborder de front le sujet avec lui "il m'avait répondu ceci : " J'ai bien réfléchi ,c'est non et trois fois non !, comment ! vous voulez donner à la populace un jeu de noble, que dis-je de princes voire de rois, c'est hors de question mon bon blaise ! Au contraire, heureusement qu'il n'y a qu'un seul exemplaire, je ne voudrais même pas le partager avec la cour!   Déjà mes compagnons sont presque de trop !, croyez m'en, construisez un chez moi et installez-vous à demeure pour l'entretenir, je vous ferai donner une bonne pension pour cela, ce sera bien plus raisonnable, pour vous, comme pour moi ".

Je me mis à fuir à mon tour sa proposition et ce faisant me le mis à dos "et cela ce n'est jamais bon" m'avait dit en ricanant sibyllinement un des gentilhommes de sa suite, un de ceux qui avaient brisé la glace.

---

[9] De fait il faudra attendre vingt ans de plus, la création de manufactures par Colbert pour fabriquer, entre autre, les miroirs de la Galerie des Glaces à Versailles, pour que ce transfert de technologie s'effectue   enfin. Pascal était une fois de plus en avance sur son temps, mais cette fois pas de beaucoup.

Motocrotte

Mais partir de chez moi, devenir un valet, fut-ce d'un prince de sang, pire encore devenir l'esclave de cette maudite machine, tout cela était tout bonnement hors de question.

Ajoutez à cela que c'était contraire à mon éthique profonde car dans la version finale de mes "Pensées" j'ai abouti à cette vérité définitive et axiomatique: à la triple question philosophique éternelle "qui suis-je ? D'où viens je ? et où vais-je ?" je réponds "je suis moi, je viens de chez moi et j'y retourne ". Ainsi donc il était hors de question de quitter mon chez moi et mes activités autres que celles que cet envahissant philippier.

Pire encore, j'entendais dire que le Roi lui-même s'irritait de voir son frère abandonner ses devoirs à la cour et aux armées pour ce jeu maudit et m'en rendait directement responsable.

Des mauvaises langues se sont empressées de me qu'il aurait dict en public "Mon frère feroit mieux de chasser ou de guerroyer que de perdre son temps à titiller des clochettes et tout cela par la faute de monsieur Pascal, On me dit qu'il est fort sçavant moi je n'y vois qu'un tenancier de bouge"

On a beau dire, ce qui a fasché le Roi après moi, c'est le philippier, pas ces petites querelles de curés avec les jansénistes, mais comme la mémoire du philippier s'est effacée …

Bref, au bout de six mois de ce traitement et de faux—semblants et devant l'irritation croissante du Roi, j'ai décidé de frapper un grand coup, littéralement.

A la suite d'une soirée particulièrement arrosée, la vitre du philippier une fois de plus été brisée. Je ne sçais pas ce qu'ils avoient faict sur la vitre, mais elle estoit une fois de plus défoncée mais d'une manière inhabituelle, comme si on s'était assis sur elle.

J'ai alors prétexté d'une pénurie de vitres due à un retard de livraison en provenance de Venise, le Rhône étant gelé, et de l'occasion d'une révision générale de la machine pour bouter Monsieur et sa bande de jeunes gens hors de chez moi pour une semaine.

J'ai alors modifié le tiroir, de telle sorte que les boules de métal passent directement du plateau à la tirette. J'ai aussi monté un système de ressorts très puissants au derrière du tiroir, seulement retenu par une mince chevillette. J'ai appelé ce mécanisme ingénieux le tilte, du verbe grec "tiltein", "estomaquer".

L'idée estoit que si la machine estoit brutalisée par un jeu trop " dur ", la chevillette céderoit, déclenchant le tilt c'est-à-dire le jaillissement du tiroir, expulsé brutalement par les ressorts dans le ventre du joueur collé à la machine, calmant ses ardeurs d'une manière radicale.

Ce n'était pas une riche idée. Malgré mes objurgations, Monsieur a tenu à être le premier à rejouer à la maschine. Frustré pendant une semaine de son jeu favori il a naturellement joué comme une brute. Et il a naturellement déclenché le mécanisme.

Mais j'avais peut être mal calculé la force des ressorts.

Il a tenu la chambre quinze jours. Au début les médecins désespérait de son état.

On m'a dit qu'il m'en voulait encore. Je ne le sais qu'indirectement car je ne l'ai pas revu. On m'a dit aussi qu'il en a eu le caractère tout chamboulé. Mais ce sont là sûrement des médisances.

En parlant de médisances, madame de Sévigné et monsieur le duc de Saint Simon ont été priés de ne piper mot de l'incident, l'une dans sa correspondance, l'autre dans ses mémoires.

Le Roi m'a envoyé monsieur de Sartines, son lieutenant général de police pour me faire dire que je ferai bien de me retirer sur mes terres du côté de Clermont Ferrand et de faire disparaître à jamais la maudite machine.

Si je suis effectivement allé m'enterrer en province où l'on est toujours mieux qu'à la Bastille, je n'ai pu me résoudre à détruire la machine qui est mon chef d'oeuvre. Je l'ai donc habilement déguisée et dissimulée puis ai cousu cette notice dans mes habits à gauche, à côté d'une autre notice à droite, de nature mystique, histoire d'égarer les soupçons. Comprend qui peut."

Place Beauveau
(Paris VIII ème)

à la manière de

Brice Hortefeux

"Dictionnaire amoureux du ministère de l'intérieur (extraits)

Index:

A
Annuaire (voir interrogatoires), Angélisme

B
Bousquet, Bavures, Besson
C
Charonne, Clemenceau, Cabinet noir, Cour européenne des droits de l'homme, Communication (voir TF1), Collectivités locales (voir Dette), CRS

D
Darquier de Pellepoix, Découpage (électoral), Dette, Dégrisement

E
Ecoutes, Expulsions

F
Fouché, Fiches, Flashball, Faciès, Fonds secrets

G
Garde à vue, Grimaud Maurice (voir Angélisme), Gyrophare

H
Holster

I
Indépendance (du pouvoir judiciaire), Interrogatoires, Inspection Générale des Services

J.

Judas (voir Besson)

K
Karcher

L
Lacrymogènes, Libertés publiques, Légitime défense,

M
Marcellin, Moulin Jean (voir angélisme), Marchiani

N
Non-lieu, Neuf-trois

O
Officines

P
Papon, Préfet, Plombiers, PV, Pasqua, Police de proximité (voir Taser), Prévention (voir angélisme)

Q
Quotas (d'expulsions)

R
Roms, Reconduite à la frontière, Rétention administrative, RG, Racaille

S
SRU loi (voir angélisme), Scellés

T
TF 1, Taser, Toucher Rectal, Titre de séjour

U
Ulémas, Uppercut

V
Vél d'hiv, Ville (politique de la- voir "angélisme") , visas

W
Wahabisme, Wolof

X
Xénophobie (voir Faciès)

Y
Yvelines

Z
Zweig (voir Fouché), ZUP, ZEP

Le Louvre

(Rue de Rivoli, Paris Ier)

à la manière de

Christian Jacq

"Champollion: La véritable histoire de la découverte des hiéroglyphes"

, Christian Jacq a tout compris : titulaire d'un doctorat en égyptologie, il a fui le terrain des fouilles, celui où l'on gratte le sable (ou plutôt où on le fait gratter par les fellahs) et où on se brûle le dos déguisé vaguement en Indiana Jones et où on se tue à fuir les assiduités d'un directeur national des antiquités attiré par les flashes et les caméras comme une phalène par un lampadaire.

Non, à ces terrains sableux, voire fangeux au bord du Nil, il a préféré les salons du livres, les séances de dédicaces, les conférences à bord de paquebots et, avant toute chose, les maisons de retraites.

En effet tant qu'il y aura des maisons de retraite et que le minimum vieillesse permettra d'acheter un tome par mois, avec trente dynasties et deux cent pharaons, Christian Jacq, auteur favori du troisième âge, est assuré d'une rente et peut entonner gaiement "Manéthon[10] nous voilà!!"

Ici, il fait revivre pour nous Vivant Denon, le jeune Champollion mais aussi de sympathiques personnages antiques de tous les jours Sessoushpet, Nephrit, Pfeffer, Thatmasis, Ahmès Hetouhmou, Haffepshit, Hank-Oremptikou, Klithoris, Houktoutéfouré, Moulphrit, Akelteton et tous leurs amis du village des sculpteurs et des peintres de la vallée des rois.

---

[10] Grand prêtre de Râ de l'époque ptolémaïque auteur d'une histoire de l'Egypte sur laquelle Hérodote, et ses successeurs ont tout pompé

"- Alors mon jeune ami, il paraît que vous butez..."

-"En effet monsieur le Directeur et pour tout vous dire, je désespère, à peine crois-je toucher au but qu'à nouveau tous mes espoirs se dérobent..."

Le jeune Jean-François Champollion, 21ans à peine se dandinait, timide et mal à l'aise, dans son habit râpé mais essayait de soigner au mieux son expression.

Il avait devant lui une légende vivante: Vivant Denon, soixante quatorze ans, âge considérable pour l'époque, mais bon pied, bon oeil, vétéran de l'expédition d'Egypte, auteur du très dix-huitième "Point de lendemain" et, depuis 1799, inamovible directeur du Louvre.

- Sur quoi butez-vous exactement ?

-   Eh bien je crois avoir compris deux choses, d'abord que les hiéroglyphes sont à la fois des idéogrammes désignant un concept et des syllabes et ensuite que c'est en étudiant le copte contemporain qu'on peut s'approcher au plus près de ce que parlaient les anciens égyptiens puisque après tout le copte est à l'égyptien ancien ce que l'italien est au latin.

- Mais tout cela est fort intéressant et neuf, je ne l'ai jamais lu nulle part, surtout cette double valeur idéographique et syllabique, il faudra que vous fassiez une communication à l'Institut, je vous recommanderai...

- Non, non je ne suis pas encore prêt. Après tout, tout cela n'est qu'hypothèses même si j'en mettrai ma main à couper...

- Quant à l'idée d'étudier le copte j'avoue que c'est lumineux. Eh bien, vous m'êtes sympathique et je vous crois sur la bonne voie pour résoudre un problème qui m'irrite moi-même depuis plus de vingt-cinq ans. Alors je vais vous montrer quelque chose que je n'ai jamais montré à personne, par peur du ridicule, mais quelque chose qui sera peut-être votre sésame...Naturellement, tout ceci doit rester entre nous, je veux votre parole d'honneur. Vous savez chez les savants le ridicule tue vraiment... Si vous découvrez quelque chose à partir de cela vous prétendrez l'avoir découvert à partir d'autre chose n'est-ce pas, comme cette pierre de rosette que les anglais nous ont pris à Aboukir mais dont nous avions pris le relevé ...

- Tout ce que vous voudrez" répondit Champollion dont la curiosité était décidément piquée

 - Eh bien voilà ...

Vivant Denon avait sorti d'un meuble à plans deux planches gravées, visiblement des relevés d'inscriptions, qu'il plaqua contre sa poitrine.

- Ce sont des relevés que j'ai fait en moyenne Egypte dans le soubassement d'un temple. Mais avant que je vous les laisse voir, il va vous falloir être patient et écouter tout d'abord ma petite histoire. Vous ne comprendriez rien sans elle. Et en plus je suis vieux, j'aime bien raconter des histoires. Celle-là est incroyable. Et c'est pour ça que je l'ai gardé pour moi jusqu'ici. Mon guide et moi nous étions un peu avancés et avions perdu le contact avec la colonne de grenadiers qui nous escortait. C'était du côté de Midinet Abou, vous voyez ?...

- Je vois très bien" dit Champollion qui connaissait sa géographie nilotique par cœur.

- Soudain un parti de mamelouks a fait irruption le long du fleuve. Nous avons couru vers les hauteurs et nous nous sommes caché dans un petit temple que les indigènes étaient en train de démanteler pour en faire de la chaux. En courant j'ai glissé sur le dallage inégal du temple et je suis tombe dans une excavation. Ma chute a été amortie par quelque chose de spongieux. Il faisait sombre comme dans le cul d'un four. Je n'avais rien de cassé. Remis de mes émotions, j'ai appelé le guide. J'étais curieux de savoir où j'étais tombé. Le guide a improvisé une torche avec de l'amadou, un bout de son chèche et une perche laissée là par les démolisseurs et me l'a lancé. En fait j'étais tombé sur une nécropole d'animaux familiers momifiés comme il y en a partout là-bas. Là c'étaient des ibis, probablement la divinité du coin. Ce sont leurs momies qui avaient amorti ma chute. Mais le plus intéressant était à venir. C'est ceci justement" dit-il en agitant les planches qu'il tenait toujours serrées sur sa poitrine.

- Au plafond j'ai vu des hiéroglyphes, mais pas des hiéroglyphes ordinaires, ils étaient très bien gravés, là n'est pas la question mais ils l'étaient d'un trait à la fois plus vif et plus relâché, presque cursif si j'ose dire, et surtout ...surtout ...il me semble ...enfin, non, je n'ose pas le dire ...

- Que ?

- Que leur sens est là … tout proche, accessible, comme à portée de main...

- Et quelle est votre hypothèse pour expliquer l'originalité de ces hiéroglyphes ?

- Vous savez comme moi que l'histoire égyptienne n'a pas toujours été un long fleuve tranquille. Il y a eu des épisodes de guerres civiles, de troubles. Pendant ce temps-là les artisans qui construisaient et décoraient les temples et les tombes se sont retrouvés au chômage et obligés de se mettre à l'abri. Je crois qu'ils se sont réfugiés là, dans la nécropole et que comme ils s'ennuyaient ferme, ils se sont mis à graver ces hiéroglyphes pour s'amuser; ça s'est déjà vu ailleurs, ici même par exemple, près des châteaux de la Loire pendant les guerres de religion. Sans compter les graffiti de Pompéi...

- Ah oui, "me bene supinavit", on ne sait toujours pas ce que ça veut dire exactement...

- Trois possibilités seulement en effet, le corps humain est ainsi fait, mais laquelle ? La controverse fait encore rage aux inscriptions et belles lettres, il faut bien s'amuser un peu ...

- Mais en parlant de s'amuser vous disiez que vos artisans s'étaient sans doute amusés. Amusés, comment ça ?

- Tenez voyez plutôt…

Et il étala enfin la première des planches devant Champollion.

Celui ci dévora l'inscription des yeux.
.
- Mais on dirait... , on dirait que... , non ce n'est pas possible ....

- Bravo jeune homme, vous êtes rapide et perspicace. Moi il m'a fallu trois mois de ressassement pour en arriver là. J'ai eu l'illumination du cote de Malte en vomissant par-dessus le bord du vaisseau qui ramenait Bonap...enfin je veux dire l'usurpateur, bref, oui, on croit presque deviner le sens, n'est-ce pas ?...

Allez essayez de déchiffrer pour voir, on va voir si vos déductions recoupent les miennes, si vous saviez le temps que j'y ai passé depuis toutes ces années...

L'inscription se présentait ainsi:

- Voyons, une main pointée, un homme de profil, une bouche stylisée et une main dans l'autre sens ...euh ....pourquoi pas " Celui-ci -pour la main pointée- , est l'homme- pour la silhouette - qui parle -pour la bouche"...

- Pas mal du tout ! " Apprécia Vivant Denon, mais vous oubliez l'autre main, dans l'autre sens

- Oui. C'est vrai .Mais je n'ai pas essayé tout de suite parce qu'il y a plusieurs possibilités, une négation ? Un itératif ? Un superlatif ?

- Moi je pencherais plutôt pour un réflexif ... l'aiguilla Denon

- " C'est l'homme qui parle qui se parle" alors ? Mais ça ne veut rien dire ...

- Encore un effort, votre toute première intuition était la bonne, vous aviez commence par un pronom

- Voyons "c'est celui qui parle qui se parle"? , non ça ne va pas, je ne vois toujours pas…

- Pensez à des enfants qui se disputent...

- Mmm... Mais oui, bien sûr ! "c'est celui qui dit qui l'est" .non mais ce n'est pas possible, c'est trop...

-Trop quoi? trop puéril ? Trop élémentaire ? Trop grossier ?...

- Oui puéril surtout…

- Bah, c'est un graffiti, en hiéroglyphes, mais un graffiti. Je doute que ceux du lycée de votre adolescence soient beaucoup plus fins n'est -ce pas?..

- Euh... , non, en effet…

- Mais vous comprenez aussi pourquoi j'ai gardé ça pour moi jusqu'ici, vingt-cinq ans quand même, on ne peut pas annoncer le déchiffrement ou même un début de déchiffrement d'une langue ancienne à partir de ces extraits ... Pourtant dans la vraie vie c'est bien comme ça que ça se passe dans une langue étrangère les premiers mots qu'on apprend sont toujours "bonjour" au revoir ", s'il vous plait", "merci", "combien" et les grossièretés, souvent les grossièretés et "combien" d'abord d'ailleurs, en tout cas pour les marins. Ah vous auriez vu en rade d'Aboukir ! mais je m'égare... Vous allez voir le reste est du même tonneau et même pire d'une certaine façon, in-publiable tel que...

- Le reste ? il y a plus que deux planches ? vous en avez beaucoup? Montrez le moi s'il vous plait, je vous en supplie c'est de loin le plus beau jour de ma vie, tout prend sens ! ...

- Je comprends votre emballement, j'en ai une trentaine mais je crois n'en avoir compris que deux. Ca fait tout de même au total 82 signes différents, Croyez- moi je les ai comptés et recomptés.

- J'ai fait de même avec les signes relevés dans "la description de l'Egypte " que j'ai moi aussi lu et relu mille fois. Il y a au total 4903 signes différents dans le livre. Vos inscriptions représentent déjà un petit cinquantième du total, c'est inespéré, enfin si nous arrivons à les déchiffrer. C'est là que le bât blesse. Pourrais-je voir les planches sur lesquelles vous butez, non pas bien sûr que je prétende ...

- Oui, oui vous les verrez toutes ce soir, votre modestie vous honore et je crois que vous avez raison : je doute que vous puissiez aller en une soirée beaucoup plus loin que moi en vingt-cinq ans, enfin nous verrons bien car vous m'avez l'air très doué. Tenez prouvez-le moi en essayant de déchiffrer celle-là...

Et il étala la seconde planche devant Champollion. Elle se présentait ainsi:

- Voyons ..."Cet homme"...

- Tss..tss…

- Ah oui, c'est vrai. Le pronom. Alors "il", mais que vient faire cette tête de taureau ici. Est-ce une allusion au dieu taureau Apis ?

- jeune homme, votre érudition vous égare. Rappelez-vous que vous avez affaire à une sorte de graffiti. Mais je ne vais pas vous mâcher le travail. Ca enlèverait à votre mérite. Je suis sûr que, perspicace comme vous l'êtes, vous allez trouver tout seul. Laissez tomber la tête de taureau pour l'instant et passez aux caractères suivants...

- Bien, alors, cette tiare de pharaon avec l'uraeus et le pschent, les symboles de la haute et de la basse Egypte, ça ne peut être qu'une allusion au pharaon donc "il taureau pharaon", "ou peut être "lui le pharaon, puissant comme un taureau"

- Mon jeune ami vous vous laissez à nouveau emporter par votre gout pour l'épique. Souvenez-vous que pendant cette période de troubles, il ne devait plus y avoir de pharaons ou plutôt il devait y avoir plusieurs prétendants au titre, et tous réclamant l'impôt et la corvée, tout ça ne devait guère inspirer le respect. Non essayez de prendre le caractère comme une métaphore...

 - Bon, essayons "Lui le chef, lui le patron, lui le caïd" , si vous me permettez cet anachronisme..."

- Oui très bien, très bien, mais patron de quoi, chef de quoi ou de qui ?

- Euh... tout de même pas du caractère qui suit, ce palmipède ?

- Et pourquoi pas ? En plus ça vous donne une règle de grammaire, le complément de nom, le génitif est placé après, comme en français, c'est l'inverse en anglais, ah, ah! Nous avons plus en commun avec les égyptiens que les anglais, c'est intéressant ça, ça venge un peu Aboukir et Saint Jean d'Acre...

- Cette fois c'est vous qui vous emportez un peu si je puis me permettre, Mais je note la règle. Elle sera précieuse, enfin si elle se confirme, après tout on ne sait même pas dans quel sens se lisent les caractères, peut-être de droite à gauche comme en arabe ou en chinois ? Donc "le chef de .." de quel oiseau au fait , ce n'est pas un canard, C'est plus gros plus pataud , une oie peut être?

- Très bien vous avancez, mais...

- Mais une oie est un animal plutôt placide, pourquoi mordrait elle le personnage suivant ?

- Vous avez raison une oie non, mais...

- Mais, bien sur son mâle ! Le jars, je me suis fait mordre une fois, quand j'étais enfant, j'ai encore la cicatrice donc, "lui, tête de taureau le patron des jars ", mais ça ne veut toujours rien dire ...

- Courage, encore un effort, vous y êtes presque!

- Peut être mais je bute toujours sur cette tête de taureau...

- Allez, je vais vous aider un peu, quel est principal attribut du taureau ? Enfin je veux dire en dehors de ses attributs ?

- Ses cornes ?

- Exactement

- Alors " il est cornu le patron des jars "

- Presque ... Souvenez-vous, graffiti… !

- Il ,il, ..non…tout de même pas ça !

- Si!

- Il est cocu le chef des jars !

- Bravo, vous êtes décidément très doué. Celle-là m'a pris trois mois... Bon mais on ne peut même pas prétendre avoir déchiffré ces deux malheureuses planches. Nous ne savons toujours pas comment tout cela se prononçait, nous avons tout au plus saisi leur sens, comme par effraction. Effraction, c'est bien le mot. Nous sommes comme des cambrioleurs qui, à force de contorsions ont réussi à pénétrer dans une maison par le soupirail, mais ce qu'il nous faut c'est la clé de la maison sinon nous ne pourrons jamais voler les meubles ... En y réfléchissant bien avec ces planches nous avons un tiers de la clé, le deuxième tiers c'est votre double hypothèse d'une écriture à la fois idéogrammatique et syllabique et votre idée de retrouver ces syllabes dans le copte contemporain.

- Oui mais vos graffitis contiennent des expressions ou expriment des concepts qui ne sont pas dans les dictionnaires de copte. Je les ai tous lu je n'ai jamais trouvé le mot "cocu". Et je suppose que le reste est du même acabit.

- Pour le peu que j'en devine, pire ... le père Kircher en bon jésuite savait peut être certains de ces mots mais ne les a pas mis dans son dictionnaire, quand à ce brave monsieur de Sacy, il est bien trop poli pour s'en être même enquis.

- Et c'est d'autant pire qu'aujourd'hui le copte est une langue morte. Les coptes parent arabe. Le copte ne sert plus qu'a la liturgie comme le slavon pour les russes ou l'araméen ou le syriaque pour les chrétiens orientaux.

- Une langue d'église oui, si on veut ... " reprit Denon perplexe et soudain sa face s'éclaira

-"Mais oui église, donc bedeau , donc le père Siméon, oui voilà l'homme qu'il vous faut !

 - Pardon ?

- Vous ne connaissez pas le père Siméon ?

- Non

- Comment? vous l'un des 20 français à parler le copte a Paris, vous ne connaissez pas le personnage le plus pittoresque de la minuscule communauté copte de Paris!!

- Non vraiment, qui est ce ? Un prêtre ? Un moine ?

- Oh non ! Siméon dit "le père Siméon", est un bedeau copte illettré qui a suivi en France au retour de la campagne d'Egypte une cantinière et son âne. Son âne surtout disent les mauvaises langues, en tout cas la cantinière l'a planté là, à Marseille et il a gardé l'âne. Nous sommes quelques vétérans de la campagne d'Egypte a lui faire une petite rente. Et mr Desfontaines du jardin des plantes a bien voulu le prendre comme palefrenier. Drôle de zèbre, incapable de rien, au bout de 20 ans il ne parle toujours pas le français décemment, mais il a un vocabulaire très riche surtout quand il a bu et il boit souvent. Et ses leçons vous changeront de celles du collège de France ..vous savez le copte a aussi survécu comme argot, comme le guarani au Paraguay, langue des indiens conquis est devenu l'argot des conquistadors et de leurs descendants.

- Non je ne savais pas…

- Vous avez lu trop de livres et pas assez vécu, ni voyagé, nous allons arranger cela avec mes amis, vous êtes désormais des nôtres, brillant jeune homme...

- Merci .merci.   Mais le père Siméon donc, quand pourrais-je le rencontrer ?

- Mais dès ce soir si vous le souhaitez, tout de suite même. Voyons il est sept heures du soir.   A cette heure il doit déjà cuver sur sa paillasse. Mais il va se réveiller bientôt, la soif, vous comprenez ... Voyons en fiacre nous y serons dans une demie heure, mais laissez-moi d'abord allez faire quérir quelques flacons de vinasse chez mon pinardier, maitre Nicolas, la nuit risque d'être longue et il ne faut pas que nous manquions de carburant...Ne montrez pas les planches à Siméon, il n'y comprendrait rien. Notez plutôt toutes les grossièretés qu'elles vous inspirent et faites-vous les traduire attendez, mais non il y encore plus simple et plus systématique, voyons ou l'ai je mis ?" ...

Il s'affaira dans sa bibliothèque et en tira triomphalement un petit in-octavo.

- Prenez ce dictionnaire de langue verte de monsieur de Perret de Nangis, c'est une pièce rare, elle date d'avant la révolution. On l'a guillotiné d'ailleurs, le pauvre, mais pas pour ça, pour rien, en fait. C'était un gourmet et il aimait les mots, tous les mots. Bon, faites-vous traduire tout ça, pas à pas. D'ailleurs les deux approches ne sont pas incompatibles: faites-vous traduire d'abord les mots du dictionnaire que les planches vous inspirent. Allez, je vous laisse une demie heure pour les consulter, elles sont dans ce tiroir. Moi j'ai des ordres à donner pour le fiacre et la vinasse ...

La nuit fut effectivement fort longue et productive. Au petit matin Champollion avait déjà identifié deux caractères de plus et un signe diacritique. Le premier caractère était "bronze" ou plus exactement le fait de couler, de fondre du/un/des bronze(s). Comme toutes les écritures idéogrammatiques, l'égyptien ancien ignore les articles, les pluriels et les genres, tout est affaire d'interprétation contextuelle.

« Comme dans la traditionnelle insulte chinoise "et ta soeur elle habite toujours Pékin", le "ta " se déduit du contexte!..." avait triomphé Champollion devant un Denon médusé.

Le second caractère était l'adjectif "puissant" (double syllabe "Flahag'") et le signe diacritique, un privatif ("hada" avec un h aspire).

La combinaison du caractère et du signe diacritique ne laissait aucun doute.
Champollion jubilait. Il pouvait enfin mettre des mots sur les hiéroglyphes et peu à peu tout prenait sens. En trois mois fébriles avec force vinasse, il avait déchiffré quarante des quatre-vingt-deux caractères des planches de Denon.

Nanti de ce bagage il put alors s'attaquer à la pierre de rosette ou plutôt au relevé qu'en avaient fait les savants de l'expédition d'Egypte avant de se la faire confisquer par les anglais comme butin de guerre. Parler d'elle comme de l'origine de la découverte ne serait donc qu'un demi-mensonge. Cela soulagea un peu Champollion, tiraillé entre son amour de la vérité et sa promesse à Vivant Denon.

Six mois s'écoulèrent encore et il fut enfin prêt. Le 27 septembre 1822, Il publia sa "Lettre à monsieur Dacier relative à l'alphabet des hiéroglyphes phonétiques" qui reçut un triomphe. Il ne manqua de remercier publiquement et chaleureusement Vivant Denon pour avoir mis a sa disposition le relevé de la pierre de rosette ainsi que pour ses encouragements et ses judicieux conseils.

Ce n'était pas faux mais incomplet.

 La véritable histoire du déchiffrement des hiéroglyphes n'émergea que l'an dernier lors de travaux de réaménagement du musée installé dans la maison natale de Champollion à Figeac.

J'en ai eu la primeur par un heureux concours de circonstances. J'étais venu étudier les archives du musée pour nourrir mes prochains ouvrages. Je satisfaisais un besoin pressant devant l'urinoir lorsque j'ai entendu un juron, avec un fort accent portugais, en provenance de la cabine des toilettes où s'activait dans un bruit de marteau piqueur ce que je pensais être un plombier et qui s'avéra être un maçon.

-"Mais qu'est-ce-que c'est que cette connerie qui bloque mon marteau piqueur!!!"

 La "connerie" en question était une boîte en fer encastrée dans le mur. Je m'approchai et suggérai au maçon de la montrer au conservateur.

-"Ah ça jamais, pas à lui, après ce qu'il a osé dire devant moi sur "ces bons à rien d'Europe du sud qui coulent l'euro et ruinent nos banques" oui monsieur, il a dit ça, ce petit monsieur qui ne serait même pas assez fort pour tenir ce marteau piqueur en marche, qui ne saurait pas coller une plaque de BA13 ni couper un carreau de carrelage. Le bon à rien, l'inutile, c'est lui, il "conserve", la belle affaire ! Les choses se conservent toutes seules. Non, je préfère jeter ça à la déchetterie avec les gravats. D'ailleurs on ne peut rien en faire, même pas y mettre des outils, c'est tout cabossé et tout rouillé. Ca ne vaut rien…"

- Puis je vous accompagner a la déchetterie? Je ne la connais pas encore" suggérai-je alors

- Si ça vous amuse. Mais où est ce que vous mettez vos gravats alors

Et c'est ainsi qu'au prix d'un billet de cinq euros glissé au gardien de la déchetterie j'ai pu récupérer dans la benne à gravats la boîte et son contenu, un manuscrit de Champollion racontant le fin mot de l'histoire.

Depuis la commune, le département, la région et le ministère de la culture se sont cotisés pour me racheter le manuscrit que j'ai, après tout, sauvé de la destruction et dont je suis l'inventeur, au sens archéologique du terme.

J'ai tenu à remercier à ma façon monsieur Dos Santos de l'entreprise de maçonnerie Dos Santos et Dos Santos en lui offrant un exemplaire dédicacé de chacun de mes ouvrages soit l'équivalent, familier pour lui, d'une bonne brouette de chantier. Il a dit que ça tombait bien car il avait une cheminée à bois.

J'imagine qu'il veut me lire au coin du feu. N'est ce pas merveilleux ? Ces mains calleuses et qui ont trempé toute la journée dans la sanie, vont, le soir venu, tourner des pages que j'ai écrites et leur propriétaire voyager par l'esprit dans l'espace et dans le temps jusqu'à l'époque des pharaons.

Il va découvrir en avant-première les aventures des auteurs des graffitis que; j'ai pu reconstituer à partir des planches de Denon qu'on a finalement trouvé dans un carton jamais ouvert qu'il avait légué aux archives nationales. Les graffitis de la joyeuse bande d'artisans au chòmage de Midinet Abou datent de la période troublée qui a suivi la mort d'akhenaton, pharaon quasi-monothéiste et la reprise du pouvoir réel par les prêtres d'Amon vers 1340 avant Jésus Christ.

Vous aussi, dans mon prochain ouvrage, à paraître dans trois mois, le temps de l'écrire, ferez connaissance avec la belle Klithoris, avec le joli coeur Tathmasis, avec le facétieux Sesshoushpet, avec le timide Houtoutefouré et avec l'acide Nephrit. Vous rirez aux blagues salées de Pfeffer, vous baffrerez avec Haffepshit, les plats préparés par le cuisinier Moulphrit, sans parler d' Ahmès Hetouhmou, d' Hank-Oremptikou, et d' Akelteton.

Des momies, du sang, du sable, du sexe. Ne vous précipitez pas sur vos déambulateurs, il y en aura pour tout le monde."

Hôtel Matignon (Paris VIIème)-

Palais de l'Elysée (Paris VIIIème)

à la manière de

Marie Ndiaye

« Deux hommes impuissants »

Marie Ndiaye, qui avait pourtant juré de s'exiler à l'arrivée au pouvoir Nicolas Sarkozy, est sensible la dimension shakespearienne du personnage du président. Elle voit en lui, non pas un Caliban, malgré son épaule tressautante et son besoin éperdu d'être apprécié, mais plutôt un Macbeth poussé par une épouse hargneuse à user de méthodes de basse police, un Othello dont le rêve d'intégration se trouve brisé par une multitude de Iagos, murmurant des propos haineux à son oreille et surtout un roi Lear, accablé par les catastrophes qu'il a lui-même provoqué et trahi par tous ceux qu'il a élevés et honorés de ses bontés.

Témoin ce bref extrait où elle décrit, avec son style toujours remarquablement sobre, l'accueil, sur le perron de l'Elysée, un lendemain de raclée magistrale à des élections locales, son premier ministre qui s'apprête à le trahir.

" Et celui qui l'accueillit ou qui parut comme fortuitement sur le seuil de son palais, dans une intensité lumière soudain si forte que son corps vêtu de clair paraissait la produire et la répandre lui-même, cet homme qui se tenait là, petit, alourdi, diffusant un éclat blanc comme une ampoule au néon, cet homme surgi au seuil de son palais démesuré n'avait plus rien, se dit aussitôt François, de sa superbe, de sa stature, de sa jeunesse auparavant si mystérieusement constante qu'elle semblait impérissable.

Il gardait les mains croisées sur son ventre et la tête inclinée sur le côté, et cette tête était grise et ce ventre saillant et mou sous la chemise blanche, au-dessus de la ceinture du pantalon crème.

Il était là, nimbé de brillance froide, dissimulé sans doute sur le seuil de son palais arrogant par quelque Buisson dont la cour était complantée, car se dit François, il s'était approché du palais en fixant du regard le porche d'entrée à travers la grille et ne l'avait pas vu s'ouvrir pour livrer passage au président- et voilà que, pourtant qu'il était apparu dans le jour finissant, cet homme irradiant et déchu dont un monstrueux coup de masse sur le crâne semblait avoir ravalé les proportions menues et somme toute harmonieuses que François se rappelait à celle d'un petit homme sans cou, aux jambes courtes et à l'épaule flageolante.

Immobile il le regardait s'avancer et rien dans son regard hésitant, un peu perdu, ne révélait qu'il l'attendait ni qu'il lui avait demandé, l'avait instamment prié (pour autant, songeait-il, qu'un tel homme fût capable d'implorer un quelconque secours) de lui rendre visite.

Il était simplement là, ayant quitté peut-être d'un spasme le Buisson qui ombrageait de brun le palais, pour atterrir pesamment sur le seuil de marbre fissuré, et c'était comme si seul le hasard portait les pas de François vers la grille à cet instant.

Et cet homme qui pouvait transformer toute adjuration de sa propre part en sollicitation à son égard le regarda pousser la grille et pénétrer dans la cour avec l'air d'un hôte qui, légèrement importuné, s'efforce de le cacher, la main en visière au-dessus de ses yeux bien que le soir eût déjà noyé d'ombre le seuil qu'illuminait cependant son étrange personne rayonnante, électrique.

-Tiens, c'est toi, dit-il sa voix sourde, faible, peu assurée comme si l'orgueilleuse appréhension qu'il avait toujours eu de certaines fautes difficiles à éviter avait fini par faire trembloter sa voix même.

François ne répondit pas.

Il l'étreignit brièvement, sans se presser contre lui. Il détestait le contact physique et le président s'en rappela soudain, de la de façon presque imperceptible dont la chair flasque des bras de son premier ministre se rétracta sous ses doigts.

Palais (aujourd'hui Jardin) des Tuileries

113 rue de Rivoli, Paris Ier

À la manière

De

François-René de Chateaubriand

De la fidélité

François –René de Chateaubriand (1768-1848) est le premier grand écrivain romantique et, à sa façon le dernier grand classique.

Ne reculons pas devant les comparaisons les plus flatteuses: c'était une sorte de Byron , de D'Annunzio et de BHL avant la lettre.

La sobriété de son style, la rigueur de ses raisonnements, l'exactitude scrupuleuse de ses récits de voyage et de ses reconstitutions historiques sont autant de vertus qui se sont hélas par la suite bien perdues.

Avant d'être un écrivain, Chateaubriand était un homme politique d'une rare cohérence, dans cette époque troublée et un serviteur de l'Etat et un diplomate à la fois humble et profondément dévoué.

Il a beaucoup fréquenté le palais des Tuileries, siège du pouvoir de 1793 à 1871.

Homme tout d'une pièce, homme d'une seule cause, il nous a laissé de nombreux témoignages de son sens de la fidélité et de l'honneur

AU TEMPS DE LA RÉVOLUTION:

"il a manqué à cette révolution un homme qui fut assez grand, assez visionnaire, pour la mener à son véritable terme: le bonheur de l'humanité. Mirabeau, ondoyante barrique, Danton, tribun vérolé, Robespierre, petit notaire serrant ses tables de la loi comme d'autres leurs bien-aimées, Saint–Just, éphèbe marmoréen et sanglant, aucun de ceuxlà n'était à la hauteur de la tâche :la disette, la guerre aux frontières , les révoltes intérieures, les émigrés , les factions, les

sections, toutes ces broutilles leurs collaient aux mains et leur obscurcissaient le regard. Non, il eut fallu un poète
.(Essais sur les révolutions, 1796)

AU TEMPS DU CONSULAT

"La révolution achevée, la France agrandie, respectée, rendue à la religion chrétienne et en paix avec l'Europe, je ne voyais plus de raisons qui m'empêchasse de rentrer.

De la tourbe de la guerre civile avait jailli un triumvirat , puis un César, qui effaçant la république , allait rétablir la Royauté primitive.

Et voilà que déjà César s'effaçait devant Auguste. IL fallait un Virgile, je rentrai.

                              " apostille au génie du christianisme
" 1805

AU   TEMPS   DE   LA   PREMIERE   RESTAURATION:

"Enfin le premier consul s'avança.

J'eus peine à cacher ma déception.

Ainsi ce grand homme était petit.

Il arriva vers moi d'un pas nerveux, tel la pie fondant sur un brillant, le vautour plongeant à la curée.

Il y avait entre nous une bonne tête et demie d'écart .Il leva les yeux vers moi , je les baissais vers lui.

"- Ainsi c'est vous qui écrivez…" me dit-il

-" Oui", admis- je

 Dès ces premières paroles, si puissantes , si lourdes de sens déjà, je sentis que nos deux personnalités – si proches par certains côtés hormis sa petite taille – ne pourraient jamais s'entendre .

 Comme me l'avait dit le vieux chef indien Chipolatas ." il ne peut y avoir deux crocodiles dans le même marigot " , et je sentais bien que la France , cette velle saurienne , saurait tôt ou tard lui claquer la mâchoire, pour s'adonner à d'autres étreintes

"De Buonaparte et des Bourbons"
1814

A LA FIN DES 100 JOURS :

 Le Roi m'avait chassé du ministère .Hélas que n'avais je du sang sur les   mains   comme monsieur Fouché; Duc   d'Otrante régicide, massacreur de Lyon , et maître de toutes les polices ,de tous les sicaires et de tous les espions.

 Que n'avais je l'onction ecclésiastique de M de Talleyrand Périgord , prince de Bénévent, une principauté arraché au pape, mais avant cela archevêque de la Saint église ,puis prêtre jureur, et ses grandes mains si promptes à saisir les pots de pots de vins et le cas échéant les cuisses des princesses allemandes tentant de conserver l'existence de leur principauté ,.

Que n'avais je la rouerie, la cruauté, les petitesses de l'un ou les bassesses, les raisonnements   tortueux , l' apparence mielleuse de l'autre , on pied bot et sa gangrène .

Mais non je n'avais que mon génie, ma droiture, ma modestie, mon humilité, ma personne en somme.

Mais les médiocres n'ont que faire des génies et les podagres et les goutteux encore moins "

Mémoires d'outre -tombe, 1833

SOUS LA SECONDE RESTAURATION :

" Pour anéantir définitivement cette hydre qui a nom " démocratie ", il nous faut les libertés.

 Pour restaurer la grandeur de la monarchie de Philipppe Le Bel et deLouis XIV, il faut que le roi règne et ne gouverne pas.

 Pour étouffer ces péchés que sont la liberté de penser, le libre examen et l'esprit critique, il nous faut la liberté de la presse.

Pour remettre la populace à sa juste place, la dernière, il nous faut un suffrage large, puisant aux forces vives de nos saines campagnes et non le double vote des propriétaires urbains

Pour éradiquer le parlementarisme, cette perversion venue de l'Angleterre, il nous faut des ministres responsables devant les chambres "

"La monarchie selon la charte", 1816

DE RETOUR AU MINISTÈRE, SOUS LOUIS XVIII

"Je tiens pour la grande œuvre de ma vie, non l'un de mes ouvrages, et pourtant…mais expédition d'Espagne pour rétablir les Bourbons sur le trône, expédition dont j'ai été l'instigateur, l'organisateur , le stratège et, j'ose le dire ,le triomphateur.

Quel miracle en effet que devoir les mêmes soldats français qui dix ans plus tôt , au service de Joseph Buonaparte,, étaient maudits par les curés , bénis à leur tour; que de voir ces brassées de fleurs jetées à nos militaires par celles–là mêmes qu'ils avaient violées quelques années plus tôt, mais qui il est vrai, cuisine à l'huile aidant, avaient beaucoup grossi entretemps et ne risquaient plus guère .

Appréciant en connaisseur la prise du Fort du Trocadero à Cadix, tenu par une centaine d'insurgés, par les mouvements combinés de notre armée de cinquante-mille hommes et de notre flotte de quarante vaisseaux, l'ambassadeur anglais ,Sir Fortrescue , résuma d'un seul mot toute l'ampleur de l'évènement : " Monkey Business" , œuvre digne du général Monk , restaurateur de la monarchie après la première révolution en Angleterre. C'était le moins que l'on pouvait dire. Il est vrai que les anglais sont coutumiers de la litote.

Le congrès de Vérone,

1838

SOUS CHARLES X:

" Cette législation scélérate, qui bâillonne une France déjà ligotée et aphone, ces ruineuses et inutiles expéditions extérieures par lesquelles un trône, déjà déchu, cherche à redorer son blason terni, cette coterie de nostalgiques séniles au service d'un roi qui n'aurait jamais dû cesser d'être dauphin et qui n'a pas encore compris que 1830 n'était pas 1780, non décidément; il est temps de brandir l'étendard de la révolte."

SOUS LOUIS-PHILIPPE:

" Pair de France, de cette France que j'avais toujours fidèlement servie jusque dans l'exil, jusque dans les allées du pouvoir,, je ne pouvais , décemment , céder au chant des sirènes de ce régime bourgeois , mi-figue ,mi-raisin, mi-poire-mi- fromage, qui tournait le dos à ces quarante rois , qui , en dix siècles, avaient fait la France.

Aussi renonçai-je à ma pension et offris-je mes services au vieux roi, Charles X, le seul roi, si injustement détrôné."

SOUS LA SECONDE RÉPUBLIQUE:

"Pauvre Louis-Philippe, pathétique séance de la chambre, avec cette malheureuse reine tentant d'obtenir la régence pour son fils et partant dans un morne exil à nouveau sur les routes de Normande. Impuissant face au flot montant, je contemplai la chute d'un régime qui avait su pourtant réconcilier le drapeau tricolore et la monarchie, le christianisme et les affaires, la bonhommie et l'ordre."

Boulevard de la porte Saint—Martin

(Paris Xème)

A la manière de

Dominique Strauss Kahn

Dominique Strauss-Kahn, ambition présidentielle oblige, a dû, lui aussi, jouer à l'homme de lettres. Au moment de ses ennuis au Sofitel et à Rykers Island, il s'apprêtait à revenir à Paris pour assister aux premières répétitions de sa pièce de théâtre " le vrai Cyrano de Bergerac" au théâtre de la porte Saint Martin, celui là–même où fut créé le Cyrano d'Edmond Rostand , avec Stéphane Plaza dans le rôle-titre, pas moins.

.

En effet DSK avait retrouvé un écrit licencieux inédit de la main-même du vrai Cyrano de Bergerac à la bibliothèque du Congrès à Washington. Il s'agit, d'un manuscrit car, au XVIIème siècle, on brûlait en place de Grève pour moins que ça.

Tirade du dard

Ah ! Non ! C'est un peu long, jeune homme !
On pouvait dire… Oh ! Dieu !... Bien des choses en somme….

En variant le ton,- par exemple, vipérin,
Agressif : « moi, Monsieur, si j'avais un tel engin
Il faudrait sur-le-champ que je me l'amputasse ! »

Amical : « mais il doit tremper dans votre tasse :
Prenez garde un chien ne vous le happe !

Descriptif : « c'est un roc !... C'est un pic… C'est un cap !
Que dis-je, c'est un cap ?... C'est une péninsule ! »

Curieux : « de quoi sert cette oblongue capsule ?
De béquille ou d'amarrage à bateaux ? »

Gracieux : « aimez-vous à ce point les oiseaux
Que paternellement vous vous préoccupâtes
De tendre ce perchoir à leurs petites pattes ? »

Motocrotte

Truculent : « ça, Monsieur, lorsque vous urinez
Dans les toilettes étroites, arrivez-vous à manœuvrer
Sans que vos frénétiques coups de boutoir
Ne déclenchent l'alarme et les éteignoirs ? »

Tendre : « dans votre pourpoint, Enroulez le bien
Pour que, par terre, il ne traîne pas en vain ! »

Cavalier : « quoi, l'ami, ce croc est à la mode ?
Pour pendre son chapeau c'est vraiment très commode ! »

Emphatique : « aucun vent ne peut, dard magistral
T'enrhumer tout entier, excepté le mistral ! »

Dramatique : « c'est la Vistule quand il éjacule ! »

Admiratif : « pour un bobinard, quelle enseigne ! »

Lyrique : « est-ce une trompe, êtes-vous un éléphant ? »

Naïf : « ce monument, on l'admire tant ! »

Respectueux : « souffrez, Monsieur, qu'on vous salue,
C'est là ce qui s'appelle avoir pignon sur rue ! »

Campagnard : « eh, vindieu ! C'est-y un dard ? Nanain !
C'est queuqu' carotte géante ou ben queuq'tronc nain ! »

Militaire : « pointez contre cavalerie ! »

Pratique : « voulez-vous le mettre en loterie ?
Assurément, Monsieur, ce sera le gros lot ! »

Enfin parodiant Pyrame en un sanglot :
« Le voilà donc ce dard qui, de l'image de son maître
A détruit l'harmonie ! Il en rougit, le traître ! »

-Voilà ce qu'à peu près, mon cher, vous m'auriez dit
Si vous aviez un peu de lettres et d'esprit :
Mais d'esprit, ô le plus lamentable des êtres,
Vous n'en eûtes jamais un atome, et de lettres
Vous n'avez que les trois qui forment le mot: Sot!

cour des invalides (VIIème)

et parvis de l'église de la madeleine (VIIIème)

à la manière

d'Emmannuel Macron

Motocrotte

Motocrotte

C'est entendu, notre Président est jeune, beau et suprêmement intelligent. Un triomphe du modèle de l'élitisme républicain à la française à son meilleur.

Jailli de nulle part, il a coalisé les bonnes volontés Il a terrassé pour cinq ans, non seulement l'hydre fasciste, la peste brune, mais aussi la France provinciale racornie qui voulait nous ramener au dix-neuvième siècle. Bref nous ne le méritons pas et l'Europe, notre grande patrie, non plus.

Cela dit, et fort logiquement, il a quelques difficultés à s'entourer de collaborateurs à son niveau.

La pathétique affaire Benalla l'a prouvé ad libitum.

Mais dès avant elle, il y avait des signes avant-coureurs.

Notre rocker national Johnny Holiday et le tailleur de pavé favori des maisons de retraite et des beaux quartiers, Jean d'Oraison sont morts quasi-simultanément.

Le cabinet de la présidence de la République, pris de court, a malheureusement interverti les textes des deux éloges funèbres préparés pour les Invalides et la Madeleine.

Avec son talent coutumier, en bon khâgneux qu'aucun défi rhétorique n'effraie et en bon inspecteur des finances qu'aucune situation ne démonte, le président a improvisé.

Et, comme d'habitude, il a enfumé tout le monde et personne ne s'est rendu compte de rien.

Toutefois   une analyse précise des deux textes verbatim, terme à terme, ne laisse aucun doute.

Eloge funèbre
du Président de la République
à
Jean D'ormesson

« Près de 50 ans de carrière, 50 livres, des milliers d'articles et vous êtes là, encore là, toujours là

Je sais que vous vous attendez à ce qu'il surgisse de quelque part.

Il descendrait de son cabriolet, il avancerait vers vous. Il entamerait la conversation, et vous commenceriez à l'écouter, badiner, faire de l'esprit.

Parfois le flot de finesses, de mots d'esprits, de piques et de pirouettes s'interromprait. Vous le relanceriez, et tel un réveil matin remonté, il reprendrait le flot de ses persiflages.

« Alors oui, ce samedi de décembre est triste.

Mais il fallait que vous soyez là pour Jean, parce que Jean depuis le début était là pour vous.

Dans chacune de vos vies, il y a eu ces moments où une de vos romans a traduit ce que vous aviez dans le cœur, ce que nous avions dans le cœur : une histoire d'amour, un deuil, une résistance, la naissance d'un enfant, une douleur…

Dans sa voix flûtée, dans ses romans-fleuve, dans son visage aux yeux clairs, il y avait cette humanité indéfinissable qui vous perce à jour et qui fait que l'on se sent moins seul

« Beaucoup plus qu'un romancier, c'était la vie

Pour beaucoup, il est devenu une présence indispensable, un ami, un frère.

Certains d'entre vous ont le sentiment d'avoir perdu un membre de leur famille. Je sais que beaucoup d'entre vous, depuis quelques jours, découvrent une solitude étrange, mais vous aussi, vous étiez dans sa vie.

«Jean était à vous, Jean était à son public, Jean était à son pays. Parce que Jean était beaucoup plus qu'un romancier et un journaliste, c'était la vie

C'était une part de nous-même, c'était une part de la France

Il était ce que Jean de la Fontaine nommait une farce qui papillonne.

Dix fois il s'est réinventé, changeant les thèmes, les époques, les angles narratifs, s'entourant d'amis aux convictions fortes mais parfois encombrantes, mais toujours il a été ce destin, et malgré ses écarts toujours vous étiez au rendez-vous.

Pour qu'il ne meure jamais, je vous demande d'applaudir Jean d'Oraison.

pour lui dire merci, pour qu'il ne meurt jamais.

 Il a traversé à peu près tout sur son chemin, il a traversé le temps, les époques, les générations et tout ce qui divise la société.

C'est aussi pour cela que nous sommes tous là, que je m'exprime devant vous. Parce qu'il aimait la France, parce qu'il aimait son public, Jean aurait aimé vous voir ici.

Il aurait dû tomber cent fois. Ce qui l'a tenu, c'est votre ferveur, l'amour que vous lui portez et l'émotion qui nous réunit aujourd'hui lui ressemble : elle ne triche pas, ne pose pas, elle emporte tout sur son passage.

 Parce que pour nous, il était invincible, parce qu'il était une part de notre pays, parce qu'il était une part que l'on aime aimer. Pour que demeure vivant l'esprit du de finesse et son inconséquence primesautière.

Pour lui dire merci, pour qu'il ne meure jamais, je vous demande d'applaudir Jean d'Ormesson»,

Motocrotte

Eloge funèbre du Président de la République à Johnny Halliday Sur le parvis de l'église de la Madeleine

Messieurs les présidents, Monsieur le Premier ministre, Mesdames et Messieurs les ministres, Mesdames et Messieurs les parlementaires, Mesdames et Messieurs les académiciens, Mesdames et Messieurs les membres du corps préfectoral, Mesdames et Messieurs les membres du corps diplomatique, Chers Laetitia et David, Chère Nathalie Baye, Chère Mémé rock, Mesdames et Messieurs

«Si trouble est l'eau de ces canaux, qu'il faut se pencher longtemps au-dessus pour en apercevoir le fond». Ces mots sont ceux que Maetterlinck écrit dans son Journal à propos des canaux du plat pays qui était le sien.

Ils conviennent particulièrement à Johnny Holiday. Car plus qu'aucun autre il aima le brouillard. Celui des eaux de la Méditerranée, dont il raffolait, celui de Londres, celui de New-York, celui de la Californie en flammes, qu'il aimait tant et celui de Saint-Barth, étouffé dans sa brume de chaleur. Celui des pentes enneigées de Gstaadt où il aimait à skier.

Ne fut-il pas lui-même un être embrouillé, comme empêtré dans sa pesante humanité?

Il n'était pas un lieu, pas une discussion, pas une circonstance, que sa musique n'illuminât. Il semblait fait pour donner aux mélancoliques le goût de vivre et aux pessimistes celui de l'avenir.

Il était trop conscient des ruses de la vie pour se navrer des parasites, et sa conversation, elle-même, était si hésitante qu'elle nous consolait de tous nos propres trébuchements.

Johnny Holiday fut ainsi cet homme entouré d'amis, de camarades, de pique-assiettes, offrant son amitié et son hospitalité avec enthousiasme, sans mesquinerie. Il était passionné par les autres.

Sans doute son bréviaire secret, était-il *Les tontons flingueurs* de Georges Lautner. Eddy Mitchell, Jacques Dutronc, les vieilles canailles , mais aussi Eddy Barclay, Johnny Starck, Sylvie, Françoise, Mireille ,Dick, Sheila, Coquatrix et tous autres. Je ne peux les citer tous, mais cette cohorte d'amis, ce furent des vacances, des chansons composées, de la liberté partagée.

Cette grâce laborieuse mais contagieuse, a conquis ses fans qui voyaient en lui un antidote à la noirceur des jours. Filipacchi disait de de lui qu'il était un «saint suant», rendant la vie intéressante pour un instant à qui le croisait. C'est cette sincérité qui d'abord nous manquera, et qui déjà nous manque en ce jour froid de décembre.

Johnny Holiday fut ce long été, auquel, pendant des décennies, nous sommes chauffés avec gourmandise et gratitude. Cet été fut trop court, et déjà quelque chose en nous est assombri.

Mais celui que l'on voyait suer, hurler se démener de toute son âme, doué comme il l'était pour satisfaire son public jamais lassé, n'était pas l'imbécile balloté auquel quelques esprits chagrins tentèrent, d'ailleurs en vain, de le réduire.

La France est ce pays complexe où l'intelligence du cœur, la sincérité et la profondeur, furent un jour, on ne sait quand, comme frappés d'indignité. On y vit le signe d'une absence condamnable d'esprit.

Johnny Holiday était de ceux qui nous rappelaient que la profondeur n'est pas le contraire de la légèreté, mais de la lourdeur.

Lorsqu'on a reçu en partage les difficultés d'une famille ballotée, la misère des music-halls de province d'après-guerre du talent, du charme, on ne devient normalement une star indéboulonnable, sans quelques failles, sans quelques intranquillités secrètes et fécondes.

«Je chante parce que quelque chose ne va pas» disait-il, et lorsqu'on lui demandait quoi, il répondait: «Je ne sais pas».

Et c'est là que l'eau trouble du canal soudain s'éclaircit.

Ses yeux aujourd'hui se sont fermés, le feulement rauque de sa voix-ah, optique 2000!-s'est tu, et nous voici, cher Johnny, face à vous. C'est-à-dire face à vos chansons. Tous ceux que vous aviez égarés par vos changements de style, que vous aviez accablés de votre modestie, tous ceux à qui vous aviez assuré que vous ne dureriez pas plus qu'un déjeuner de soleil, sont face à cette évidence, dont beaucoup déjà avaient conscience, se repassant le mot comme un secret.

Cette évidence, c'est votre œuvre. Je ne dis pas: vos chansons, je ne dis pas: vos albums. Je dis: votre œuvre. Car ce que vous avez construit avec l'hétérogénéité de qui semble ne pas y tenir, se tient devant nous, avec la force d'un édifice où tout est voulu et pensé, où l'on reconnaît à chaque note ce que les historiens de l'art appellent une palette, c'est-à-dire cette riche variété de couleurs que seule la singularité d'un regard unit.

L'obscurité était trompeuse, elle était un miroir où l'on se cogne, et le temps est venu pour vous de faire mentir vos chers motards. «l'amour, c'est quand on aime quelqu'un plus fort que sa Harley ».

Nous devrons, pour vous entendre, à présent tendre l'oreille, et derrière les beuglements assourdis nous entendrons, comme chez Mozart, la nuance si profonde des accords mineurs.

Ce que votre politesse et votre pudeur tentaient de nous cacher, vous l'aviez mis dans vos chansons. Derrière votre ardeur nous saurons voir une fièvre, derrière vos franges, votre bandeau ou votre combinaison en lamé, une insatisfaction, et derrière votre sueur quelque chose d'éperdu, de haletant, qui nous touche en plein cœur.

Cheminer avec Eddy, Dick et c'est n'être point dupe des arcanes du show biz. S'entretenir par-delà la mort avec Elvis, Janice Joplin, Jimmy Hendricks, c'est frayer dans des contrées parfois électriques où vous alliez nourrir la force de vos chansons. C'est dans ces confrontations intimes que vous alliez puiser cette énergie incomparable.

C'est le moment de dire, comme Mireille à l'enterrement de Verlaine: «Regarde, tous tes amis sont là.» Oui, nous sommes là, divers par l'âge, par la condition, par le métier, par les opinions politiques, et pourtant profondément unis par ce qui est l'essence même de la France des trente glorieuses et des quarante piteuses: l'amour du rock et du blues.

Et ce grand mouvement qu'a provoqué votre mort, cette masse d'émotion, derrière nous, derrière ces murs, autour de nous et dans le pays tout entier, n'a pas d'autres causes. À travers vous la France rend hommage à ce que Philippe Maneuvre appelait «la seule chose sérieuse en France, »

 Évoquant, dans un entretien avec Paris Match, votre enterrement, vous aviez écrit: «À l'enterrement de Malraux, on avait mis un chat près du cercueil, à celui de Defferre c'était un chapeau, moi je voudrais une guitare, je n'ai jamais su en jouer que quatre accords, mais elle aura accompagné ma vie. »

Nous vous demandons pardon, Monsieur , de ne pas vous avoir tout à fait écouté, pardon pour ce cortège de Harley, cette brochette show-biz et ces barrières qui n'ajoutent rien à votre gloire. Avec un sourire auriez-vous pu dire peut-être que nous cherchions là à vous attraper par la vanité et peut-être même que cela pourrait marcher.

Non, cette cérémonie, Monsieur, nous permet de manifester notre reconnaissance et donc nous rassure un peu.

Du moins puis-je, au nom de tous, vous rester fidèle en déposant sur votre cercueil ce que vous allez et ce que vous aviez voulu y voir, cette guitare, cette stratocaster dont Hendricks jouait avec les dents et dont Kad Merad nous assure qu'il jouait aussi avec autre chose-

Forever rock'n'roll , yeah !

Je vous remercie.